Gewidmet
allen kleinen und großen Kindern,
damit sie ihr Staunen behalten.

Stephanie Mauerer

Das Leben ist
WUNDERvoll!

*Mutmachende wahre kleine
Wundererlebnisse*

© 2018 Stephanie Mauerer

Autorin: Stephanie Mauerer
Umschlaggestaltung, Umschlag- und Autorenfoto, Satz und
Layout: Stephanie Mauerer

Verlag: tredition GmBH, Hamburg
Printed in Germany

ISBN:
978-3-7469-7270-1 (Paperback)
978-3-7469-7271-8 (Hardcover)
978-3-7469-7272-5 (e-Book)

Inhaltsverzeichnis

Vorwort

Die besten Geschichten schreibt das Leben selbst, nicht wahr? Nach und nach wollten immer mehr solcher Geschichten nach dem Erleben aus der Schatzkiste meines Herzens aufs Papier fließen. Beim Schreiben merkte ich, dieser Prozess war tatsächlich Balsam für die Seele. Warum? Je mehr ich diesen lichtvollen Erlebnissen Raum und Zeit gab, umso mehr veränderte sich auch meine Wahrnehmung und das Bewusstsein, das Wunderbare um mich herum noch häufiger, noch leichter zu entdecken. So sah und spürte ich wirklich mehr und mehr: Das Leben ist wirklich wundervoll! Ja, genau das: voller Wunder! Natürlich gibt es da die „großen" Wunder – wo z.B. Menschen eine göttliche Erscheinung erleben dürfen, wo jemand trotz negativer Prognosen von einer schweren Krankheit geheilt wird. Aber es gibt auch die „kleinen"

Wunder, die persönlich unglaublich wertvoll sind, aber meistens kein großes Aufsehen erregen. Genau in diesem Sinne möchte ich nun in aller Einfachheit und Freiheit fünfundzwanzig meiner persönlichen Wundererlebnisse mit dir, liebe Leserin, lieber Leser, teilen. Es soll dabei nicht um mich als Person gehen, auch nicht um eine theologische oder wissenschaftliche Erörterung zum Thema Wunder. Vielmehr liegt es mir am Herzen, „zur Ehre Gottes und zur Freude der Menschen" zu schreiben. Dass du, ja genau *du!*, über meine Geschichten erinnert und angeregt wirst, in deinem eigenen Leben, in deinem Denken, deiner Wahrnehmung die großen und kleinen Kostbarkeiten, Zaubermomente und scheinbaren „Zufälle" zu entdecken, die dir jeden Tag geschenkt werden. Wunder übersteigen unsere Verstandesgrenzen, denn der Verstand ist begrenzt und kann nicht alles erfassen, was sich da zwischen Himmel und Erde bewegt. Gerade in Zeiten der Krisen und Herausforderungen, im Zweifel und Schmerz hilft es, über Worte und Taten an Gottes wohlwollendes, liebevolles Wirken erinnert zu werden, ebenso an die unsichtbaren und sichtbaren Helfer. Denn ist nicht jede und jeder von uns ein Instrument im großen Orchester der Schöpfung? Über dieses Buch möchte ich „Werkzeug" sein, zum einen für dich während du diese Zeilen liest, zum anderen über eine kleine Spende aus meiner Provision an zwei großartige Hilfsorganisationen: die Ghana-Hilfe Pfarrer Renner e.V., und die Kinderhilfe AMANECER e.V. in Bolivien. Unterstützung weiterschenken, nachdem ich sie empfangen habe, ist mir ein Herzensanliegen. Denn auch mir wurde Hilfe zuteil bei meinem Buchprojekt: „von oben" über motivierende Worte aus der Heiligen Schrift, zu denen ich wie durch Zauberhand während des Schreibens geführt wurde, und die ich jeder Kurzgeschichte als Unterstreichung angehängt habe. Zum anderen stärkten mich viele Ermutigungen durch liebe Menschen: meine Familie, Freunde und Klienten. Dafür mag ich von Herzen „Vergelt's Gott" sagen! Und wie man sieht, ist kein Vorhaben zu groß (nicht einmal mein Gedanke an ein eigenes Buch): Denn „für Gott ist nichts unmöglich." (Lukas 1,37) Und jetzt möchte ich *dir* Mut machen: Schau hin! Lass dich berühren, führen und bewegen. Denn das Leben ist WUNDERvoll!

Gottes Segen für dich.
Stephanie

Ast, im Sommer 2018

Ein Engel an der Kasse

Meine erste kleine Wundergeschichte, die ich mit dir, liebe Leserin, lieber Leser, teilen möchte, erzählt davon, dass der Himmel auf unsere Gedanken und Gebete oft prompt reagiert. Denn nicht nur das gesprochene Wort ist (hörbare) Schwingung, sondern bereits der kleinste Gedanke schwingt und findet Gehör bei Gott. Und als Antwort schickt er uns oft Menschen, die für uns zu „Engeln des Alltags" werden.

Es war an einem heißen Sommerabend im Juni 2017. Ich war einige Tage beim Pilgern auf der Via Nova in Oberösterreich unterwegs. Nach vielen zurückgelegten Kilometern auf interessanten Wegen, Zeiten des Alleinseins und in der Fülle verschiedener Eindrücke, mit Leichtigkeit und Schwere, Regen und Sonne, bergauf und bergab, kam ich endlich am Ziel an: St. Wolfgang am Wolfgangsee. Beim Besuch der Kirche spürte ich eine tiefe Dankbarkeit, diese Reise geschafft zu haben. Mein Körper ließ mich deutlich so manche Grenzüberschreitungen und Strapazen der vergangenen Tage spüren; meine Beine, Füße und mein Rücken brauchten jetzt nur noch eines: eine Übernachtungsmöglichkeit mit einer frischen Dusche und einem sauberen Bett. Am liebsten noch mit Blick auf den See und wenn möglich einigermaßen günstig. Es war schon relativ spät, als ich die Kirche verließ, kurz vor 18 Uhr, und ich fragte einfach im erstbesten Hotel nach einer Unterkunft. Leider viel zu teuer für meinen Geldbeutel. Ich müsse schon weiter raus an den Ortsrand gehen, da gäbe es günstigere Fremdenzimmer – war die Antwort des noblen Empfangsherren. Mit dem 10 kg schweren Rucksack auf den Schultern konnte ich allerdings nicht weiter gehen als um die Ecke, denn mein knurrender Magen verlangte erst einmal nach einem Abendessen. Ein kleiner Kramerladen war meine Rettung. Ich trat ein, suchte mir eine kleine Brotzeit zusammen und gab nebenbei mein Stoßgebet nach einer Bleibe für die Nacht nach oben ab: „Bitte, liebe Engel, helft mir, ein gutes Zimmer zu finden!" Als ich alles beisammen hatte, stellte ich mich an der

Mini-Kasse an, wo gerade noch die Kundin vor mir ihre Einkäufe in ihren Korb einräumte. Gerade als ich dachte, ich käme an die Reihe, dass die Kassiererin meine Sachen einscannt und abkassiert, nahm sie doch glatt den Telefonhörer zur Hand und fing an, eine Nummer zu wählen. Mein erster verärgerter Gedanke: „Also kundenfreundlich und respektvoll ist das jetzt nicht!" Aber genauso nahm das Wunder seinen Anfang. Das Gespräch verlief nämlich folgendermaßen: „Ach ja, servus Elisabeth, ich bin's! Nur damit du dich nicht wunderst und Bescheid weißt – diese Dame, die bei dir das Zimmer buchen wollte, braucht es jetzt doch nicht mehr. Das hat sich also erledigt..." Wenn ich an diese Szene denke, muss ich heute noch lächeln. Ohne groß zu überlegen, machte ich die Kassiererin durch ein Winken auf mich aufmerksam und sagte ihr, dass *ich* eine Übernachtungsmöglichkeit hier in der Nähe suchte. Und, was kann ich sagen – mein Wunsch hat sich erfüllt, schneller als gedacht! Erst regelte sich über ihre telefonische Vermittlung das Ok für die Unterkunft, und mit Hilfe ihrer Wegbeschreibung fand ich nur ein paar Schritte weiter um's Eck die freundliche Pension. Mein Zimmer war sauber und groß, zur Krönung sogar mit wunderbarem Blick über den abendlichen See. Diese unglaubliche Fügung war mir dann die sechzig Euro auch wert. Nach einer erfrischenden Dusche und meinem kleinen, aber feinen Abendessen konnte ich sogar am Privatsteg der Pension die Ruhe direkt am See genießen. Und ich staunte: Manchmal werden Gebete schneller erhört als man damit rechnet, und sogar noch besser als man es sich vorstellen könnte. Deshalb mein Tipp: Bevor du dich das nächste Mal (im wahrsten Sinne des Wortes) beschwerst und ärgerst, warte erst einmal ab. Wunder tarnen sich manchmal in ungewöhnlichen Gewändern. Also Augen auf für die vielen unscheinbaren Situationen und Begegnungen, die Gott für eine Gebetserhörung zu Hilfe nimmt!

„Zieh… in das Land, das ich dir zeigen werde."
(Genesis 12,1)

Schutzengel als Lebensretter

Fragst du dich auch manchmal bei der großen Not und Unsicherheit in der Welt, bei so mancher Ungerechtigkeit im Großen wie im Kleinen: Wo ist da Gott? Und können Gottes Boten, die Engel, da überhaupt etwas bewirken? Ja, können sie! Jenes Erlebnis, das ich hier aufschreibe, erinnert mich und dich, dass Gottes Helfer wirklich an unserer Seite sind. Immer. Das große Geschenk des Himmels an uns ist allerdings der freie Wille. Da können und dürfen die himmlischen Helfer nicht eingreifen. Trotzdem wirken sie stets mit, dass wir in Liebe denken, sprechen, wahrnehmen, verstehen, und handeln. Sie tun das meiner Erfahrung nach über unser tiefes Bauchgefühl, geben uns Gedankenblitze ein, oder stupsen uns durch verschiedene Wegweiser an, z.B. kleine Federn, ein besonderes Lied im Radio, geführte Begegnungen... Sie dürfen allerdings direkt und sofort eingreifen, wenn wir in eine lebensgefährliche Situation geraten, so dass wir früher als vorgesehen aus dieser Welt scheiden würden. Das sind dann unglaubliche und unerklärliche Momente, die wir als Wunder bezeichnen. Eine solche Begebenheit geschah mir vor einigen Jahren an einem winterlichen Abend in meiner kleinen Heimatstadt.

Es war bereits dunkler Abend und ich war mit meinem Auto unterwegs, um noch zur Tankstelle zu fahren. Meine Mama saß neben mir und erinnert sich heute noch genauso deutlich an dieses Erlebnis. An einer Einmündung zur Hauptstraße hielt ich an. Die Straße vor mir machte eine weitgeschwungene Kurve, ich sah nach links und rechts, kein Fahrzeug in Sicht. So ging ich mit dem Fuß aufs Gaspedal, mein Auto setzte sich in Bewegung. Doch plötzlich – ein abrupter Stopp! Mit großer Wucht wurden Mama und ich Richtung Armaturenbrett bzw. Lenkrad gedrückt. Kaum dass ich verstehen konnte, was da gerade geschah, fuhr direkt vor mir auf der Hauptstraße von links kommend in flottem Tempo ein Auto vorbei. Es hatte sich hinter dem Autorahmen zwischen dem Fenster der linken Seitentür und der Frontscheibe „versteckt", so dass ich es nicht sehen konnte. Puhh! Da brauchte ich erst einige Sekunden um das Geschehene zu realisieren. Ich bin mir sicher, die Kraft auf der Bremse durch meinen Engel war in dem Moment stärker als mein Fuß auf dem Gaspedal. Jedes Mal, wenn ich über diesen Moment nachdenke, stelle ich fest, dass Mama und ich ohne die eingreifende Hilfe meiner Schutzengel heute vielleicht nicht mehr hier wären. Dann steigt tiefe Dankbarkeit in mir auf und die Gewissheit: Wir alle sind „von guten Mächten wunderbar geborgen".

„Denn er befiehlt seinen Engeln, dich zu behüten auf all deinen Wegen." (Psalm 91,11)

Ein Alltags-Engel auf dem Mofa

Meine nächste Wundergeschichte ereignete sich im Frühjahr 2017 an meiner Arbeitsstelle. In meiner Tätigkeit als Bildungsreferentin durfte ich Angebote in Religions-, Gestalt- und Erlebnispädagogik leiten, für Kinder- und Erwachsenengruppen, hauptsächlich für Schulklassen der Jahrgangsstufen 8-12.

Ich hatte gerade einen Drei-Tages-Kurs mit einer neunten Klasse. Es war ein schöner Frühsommerabend, und ich beschloss, den meditativen Tagesabschluss nicht im Kursraum, sondern im Freien zu gestalten. Wir spazierten hinaus aus dem Ort ins Grüne, am Biotop vorbei, über die ruhig dahinfließende Vils zu einer besonderen Felswand, wo ich – während wir alle um eine Feuerschale geschart waren – eine Geschichte erzählte. Die fünfundzwanzig Jugendlichen und zwei Lehrer lauschten aufmerksam. Als das Feuer schließlich erloschen war, und weil es allmählich dämmrig wurde, machten wir uns wieder auf den Rückweg. Normalerweise ging ich bei solch kleinen Ausflügen immer der Gruppe voran und die Lehrer bildeten das Schlusslicht, um die Jugendlichen zusammenzuhalten. Dieses Mal hatte ich allerdings das Gefühl, ich sollte mich an den Schluss der Gruppe zurückfallen lassen. Ich vertraute dem vorderen Lehrer, dass er die Schüler gut heim leitete. Zusammen mit der zweiten Lehrerin ging ich nun am Ende der Gruppe und wir kamen in ein angenehmes Gespräch, während direkt vor uns drei Mädels marschierten, die sich ebenfalls angeregt unterhielten. Plötzlich verlangsamte die mittlere der drei das Tempo, blieb schließlich mit einem schmerzverzerrten Gesicht stehen und hielt sich den Bauch. Auf mein Nachfragen hin erzählte sie mir, noch ausführlicher als schon in der Kurszeit am Nachmittag, von ihren vielen Allergien und Nahrungsunverträglichkeiten, die oft große Schmerzen im ganzen Körper auslösten. Wahrscheinlich war im Abendessen etwas versteckt gewesen, was sie nicht vertrug. Da stand ich also, mitten im Grünen, die Lehrerin hilflos neben mir, die anderen beiden Mädchen ebenfalls ratlos. Also rief ich in Gedanken meine Engel an, mir zu helfen! Denn wie sollte ich es schaffen, dieses Mädchen gut heimzubringen, wo doch die anderen Schüler uns bereits einiges voraus um die Kurve waren, und weit und breit kein Mensch mehr in Sicht war!? Ich folgte vorsichtig meinem inneren Impuls und fragte die fünfzehn-Jährige, ob ich ihr meine Hände auflegen dürfe (was ich bisher im Rahmen meiner Bildungsarbeit noch nie getan hatte), was sie bejahte. Nach ein bis zwei Minuten konnte sie Gott sei Dank wieder aufatmen, der Schmerz war größtenteils vergangen und wir konnten erleichtert den Weg fortsetzen. Links und rechts hatten sich ihre Freundinnen eingehakt, so kamen wir zügig voran. Nach ca. einem Kilometer blieben sie jedoch wieder abrupt stehen, dieses Mal war der Schmerz so stark, dass jene Schülerin in die Knie gehen musste. Während ich wieder meine Hände auf ihrem Bauch und unteren Rücken ruhen ließ, wurden meine Stoßgebete heftiger: „Lieber Erzengel Raphael, Engel der Heilung, hilf diesem Mädchen! Und Erzengel Michael, Engel der Klarheit und Kraft, stärke sie für den restlichen Kilometer, dass wir alle gut zum Bildungshaus zurückkommen! Helft! Jetzt!!" Nach ein paar tiefen Atemzügen erblickte ich in der Ferne ein Mofa, und es schien, dass es den

Fußweg entlang in unsere Richtung fuhr. (Auf diesem Pfad hatte ich zuvor noch nie ein motorisiertes Gefährt gesehen!) Tatsächlich, es überquerte die Vils auf der Brücke und kam näher. *„Halte den Fahrer an, und bitte ihn, dass er das Mädchen auf seinem Mofa mitnimmt und zum Kloster bringt!"* – war die eindringliche Stimme in meinem Inneren. Ich winkte ihm also zu, sein Tempo zu drosseln, und der junge Mann von etwa 18 Jahren hielt an. Ich erklärte ihm kurz unsere Lage samt meiner Bitte, und ohne Zögern bot er äußerst zuvorkommend seine Hilfe an. Noch bevor sich meine Schülerin hinter ihm aufs Mofa setzte, hörte ich in mir eine drängende Stimme: *„Frag ihn nach seinem Namen!"* Ok, was tut man nicht alles... „Ach übrigens, ich bin die Stephanie, darf ich fragen, wie du heißt?" Dreimal dürft ihr raten! Sein Name war Michael. Ich war sprachlos. Und wieder hörte ich in mir: *„Schau dir das Mofa genau an!"* Wäre die Situation nicht so ernst gewesen, hätte ich fast aufgelacht. Denn: Das Mofa war grün – die Farbe von Erzengel Raphael. Vielen vielen Dank, meine lieben himmlischen Helfer!!! Wohlbehütet konnte sich schließlich meine Schülerin hinter Michael aufs Mofa setzen, und die Engel brachten sie beide gut zur Unterkunft. Der weitere Abend sowie die folgenden beiden Tage erlebte meine

Schülerin übrigens schmerzfrei. Gott sei Dank. Halleluja!

Wieder einmal eine erhebende Erinnerung, dass die ganze Kraft des Himmels immer und überall bemüht ist, auch auf überraschende Art und Weise uns zur Seite zu stehen. Zum höchsten Wohl aller Beteiligten. Als ich meinen Kollegen dieses Erlebnis erzählte, mussten wir alle einfach nur erleichtert und erstaunt lachen. Und der Gedanke kam, dass durch die göttliche Hilfe sich eine Tragödie sogar in eine Komödie verwandeln kann, mit einer Portion Humor und Leichtigkeit. Denn ist nicht auch der Humor eine geniale Erfindung Gottes...?

„Ich bin Raphael, einer von den sieben heiligen Engeln, die das Gebet der Heiligen emportragen und mit ihm vor die Majestät des heiligen Gottes treten." (Tobit 12,15)

Ein himmlischer Vermittler

In jeder und jedem Einzelnen von uns liegt unglaublich großes Potential. Tatsächlich – so glaube ich – sind wir alle Gotteskinder, Himmelskinder, Kinder des Lichts, geboren aus dem Herzen Gottes. Nur wie wir alle immer wieder erleben, liegen da ganz menschliche Hürden auf unserem irdischen Weg, und oft stolpern wir über unsere eigenen Füße, über unsere selbstgemachten Probleme und über unser wichtigtuerisches Ego. Dann, wenn ich mal nicht recht weiterkomme auf meinem Weg, hole ich mir deshalb Unterstützung und Klarheit in Gesprächen mit meiner Familie oder mit guten Freunden. Und wenn's dann mal um wirklich „Eingemachtes" geht, alte Muster oder sogar körperliche Verfestigungen, dann tut es gut, auch Heilpraktiker, Therapeuten oder Ärzte heranzuziehen. Und es gibt noch eine Quelle, die ich oft anrufe, die immer und überall erreichbar ist: die himmlischen Helfer. Das Wunderbare ist, sie sind zu jeder Tages- und Nachtzeit, in jedem (Alltags-) Dschungel und auch auf „einsamen Inseln" auf Empfang und bringen uns in Verbindung mit der höchsten Quelle, mit uns selbst, mit der Kraft der Erde und der Führung des Himmel, sie verbinden uns von Mensch zu Mensch, von Herz zu Herz. Zu Gottes Helfern zählen für mich die Engel – Schutzengel, Erzengel, Helferengel. Oder die facettenreichen wunderbaren Krafttiere, die ich aus dem Schamanischen kennenlernen durfte, die im Grunde den Qualitäten der Engel in unserem Kulturraum entsprechen. Und schließlich liebe Verstorbene und die großen Heiligen, die eine echte Ahnung haben von den Herausforderungen des Erdenlebens. Diese himmlischen Helfer treten entweder von sich aus in unser Leben (z.B. über unsere Träume), oder wir können sie direkt in der Meditation oder im Gebet anrufen. Ein sehr kostbares Erlebnis ist mir ganz besonders in Erinnerung. Bestimmt haben viele von euch schon Ähnliches erlebt:

Vor ca. zehn Jahren nahmen meine Studienkollegen und ich an einem Einführungskurs zum Kommunionhelfer teil. (Ich studierte Dipl. Religionspädagogik und konnte dank meiner wunderbaren Professoren und Dozenten mehr und mehr verstehen und sehen, was eigentlich hinter so manchen Traditionen und Lehren der christlich-katholischen Religion steht.) Den Abschluss dieses Kurstages bildete eine Andacht vor dem Allerheiligsten, Jesus Christus in Gestalt des Brotes. Er war und ist für mich mein wunderbarer Bruder, Freund, Lehrer und väterlicher Meister. Vor allem nach dem Empfang der heiligen Kommunion ist er für mich oft spürbar, sichtbar, hörbar. Wir saßen und knieten also vor dem offenen Tabernakel, als ich eine starke Verbindung wahrnahm, ein liebevolles Band von meinem Herz zum Herzen Jesu. Gleichzeitig kam mir interessanterweise ein lieber Freund in den Sinn. Wir kannten uns schon seit einigen Jahren, hatten mit längeren Abständen immer wieder Kontakt. Zu diesem Zeitpunkt waren bereits einige Monate vergangen, seit wir uns das letzte Mal gehört und gesehen hatten. Als ich mich so fragte, wie es ihm wohl ergehe, merkte ich, dass ich keinen direkten „Draht" zu ihm aufbauen konnte. Aber ich wusste, dass auch er als Theologe ein Christusfreund war. Und so spürte ich, dass die Verbindung über Jesus als „Vermittler" zustande kam. In diesem Moment war dieser liebe- und kraftvolle Fluss einfach sehr stark und faszinierend wahrzunehmen, von mir zu Jesus und weiter zu diesem Freund. Der richtige „Wow-Moment" kam dann zwei Stunden später: Dieser Bekannte schrieb mir (von sich aus!) eine Sms und fragte mich, wie es mir so ginge. Ich konnte nur staunen – darüber, dass Jesus für uns Mittler ist, und darüber, dass jeder Gedanke, jede Absicht, eine Wirkung hat. Und ich spürte erneut die Einladung unserer himmlischen Helfer an jeden von uns: "*Du musst nichts alleine schaffen. Übergib deine sorgenvollen Gedanken uns! Und dann lass sie los. Und vertraue!*"

„Denn wie der Leib eine Einheit ist, doch viele Glieder hat, alle Glieder des Leibes aber, obgleich es viele sind, einen einzigen Leib bilden: so ist es auch mit Christus." (1 Korinther 12,12)

Per Anhalter mit Engeln unterwegs

Urlaub, Auszeit, Erholung, fremde Länder …
Bei diesen Begriffen wächst gleich die Sehn-
sucht in mir nach der Ferne. Meine Erfahrung
ist, dass wir in arbeitsfreien Zeiten, wenn wir aus
den Gewohnheiten des Alltags heraustreten, uns
auf neue Länder und Orte, Menschen und Situationen einlassen, viel offener sind für geistige
Führungen und Fügungen. Eine recht außerge-
wöhnliche himmlische Begegnung möchte ich
hier mit dir teilen.

Es war im Sommer 2010. Ich war mit Eva,
einer Studienfreundin, nach Irland aufgebro-
chen, und wir hatten uns einige besondere Orte
vorgenommen zu besuchen und zu entdecken.
Nach zwei Tagen in der lebendigen Hauptstadt
Dublin wollten wir Richtung Norden weiterreisen,

genauer gesagt nach Newgrange. (Diese alte, kraftvolle Kultstätte finde ich sehr empfehlenswert für alle Irland-Interessierten!) Weil meine Freundin nicht so begeistert war vom Trampen, nahmen wir den Bus. Ca. 20 km vor unserem Ziel mussten wir allerdings umsteigen und eine knappe Stunde auf unseren Anschlussbus warten. Dummerweise fuhr dieser – es war der letzte an diesem Tag – vor unserer Nase davon, nämlich von einer anderen Plattform als vorgesehen. Gut, dachte ich mir, dann reisen wir eben per Anhalter weiter. Das hatte ich bei meiner letzten Aupair-Irlandreise oft getan (und es ging jedes Mal gut – da würden mir gleich weitere "Wundermomente" einfallen). Eva und ich gingen mit unseren Rucksäcken also Richtung Ortsausgang, in der Hoffnung, dass da jemand anhalten würde, der uns zwei mitnahm. Wir kamen dabei am großen Parkplatz eines Supermarkts vorbei, wo eine Frau, bepackt mit zwei schweren Einkaufstüten, uns fragte, wo wir denn hinwollten. Mehr oder weniger im Vorbeigehen erzählten wir ihr knapp unsere Situation. Sie blieb stehen und meinte sorgenvoll, wir sollten doch ein Taxi nehmen, das sei viel sicherer. Aber ich war (noch) gelassen und zuversichtlich, dass sich schon jemand finden würde, der uns in die nördliche Richtung mitnimmt. Diese Dame wollte uns aber wirklich von ihrem Vorschlag überzeugen. Sie erzählte sogar, sie selbst sei Taxifahrerin, aber sie müsse dummerweise genau in die entgegen gesetzte Richtung nach Hause fahren. Schließlich verabschiedete sie sich und fuhr los. Eva und ich stellten uns an eine nahegelegene Straßenkreuzung und warteten. Die Minuten vergingen. Es war bereits früher Abend und jetzt fing es auch noch zu regnen an. Langsam wurde es ungemütlich. Meine Bitte nach oben wurde immer lauter: "Lieber Gott, bitte kümmere dich darum, dass wir gut nach Newgrange kommen!" Bei jedem Auto, das vorbei fuhr, hofften und winkten wir, aber keines hielt an. Bis plötzlich direkt vor uns jemand in unsere Straße einbog, nach ein paar Metern wendete und wieder zurückkam. Für einen kleinen Moment machte sich ein Gefühl von Misstrauen in mir breit, aber als ich sehen konnte, wer da am Steuer saß, war ich einfach nur überrascht und erleichtert: es war die Dame von vorhin. Sie kurbelte die Fensterscheibe nach unten und lud uns ein, einzusteigen. Das taten wir gerne. Sie würde uns nach Newgrange fahren. Wow! Unsere Gebete waren erhört worden! Danke, danke, danke! Während der Fahrt erzählte sie uns knapp ihre Veranlassung für ihr 20 km-langes "Geschenk": Vor fünf Jahren war genau auf dieser Strecke eine ebenfalls deutsche junge Frau zu Fuß unterwegs und sie war ermordet worden. Nachdem sie vorhin ihren Einkauf nach Hause gebracht hatte, spürte sie ein starkes Drängen „ihres Schutzengels" in sich (das sagte sie tatsächlich so!): Sie sollte zurückfahren und uns zwei an unser Ziel bringen. Und sie folgte dieser inneren Stimme. Mit ihrem Taxi, ohne eine Gegenleistung dafür zu verlangen.

Es ist ein Segen, wenn man Menschen begegnet, die auf ihre Engel hören und aktiv werden, die auch das „unbequeme" Tun nicht scheuen. Danke!

„Bittet, dann wird euch gegeben; sucht, dann werdet ihr finden; klopft an, dann wird euch geöffnet." (Matthäus 7,7)

Im Gebet Hilfe erfahren

Diese Wundergeschichte enthält ein mir sehr kostbares Gebet. Es wurde bereits (etwas abgeändert) veröffentlicht in einem Büchlein für den neuen Meditationsweg in meiner Heimat: „Auf den Spuren von Heiligen und Engeln". (Sehr empfehlenswert, diesen ca. zweieinhalb Kilometer langen Weg in Ast in der Nähe von Waldmünchen zu besuchen!) Hier möchte ich die Entstehungsgeschichte des unten abgedruckten Gebetes erzählen.

Abends vor dem Einschlafen gehe ich immer ins Gebet. In diesen Gesprächen mit Gott tauchen meistens zwei Dinge auf: Dankbarkeit und Segensbitte, oder besser gesagt Segensdank. Wenn ich den vergangenen Tag Revue passieren lasse, fällt mir so vieles ein, wofür ich dankbar sein kann, dass ich es erleben durfte. Da wird mir das Herz weit und ich erkenne die göttliche Hand, die mich führt und es nur gut mit mir meint. Manchmal erlebe ich natürlich auch Schweres, Schmerzhaftes, Sorgenvolles, Undurchschaubares, bei mir selbst und bei Menschen, denen ich an diesem Tag begegnet bin. Mich selbst bzw. jene Menschen mit ihren "schweren Rucksäcken" und Nöten übergebe ich dann vertrauensvoll in die himmlischen Hände und lege sie ans Herz Gottes. An einem Abend vor einigen Jahren sah und spürte ich eine große Last auf den Schultern meines Papas und ich machte mir große Sorgen um ihn. Ich erinnere mich nicht mehr an seine konkrete Herausforderung, aber sehr wohl an die göttliche Hilfe. Ich kann noch heute vor mir sehen, wie ich Tränen der Not und schmerzvollen Sorge geweint habe. Schließlich rief ich meinen himmlischen geistlichen Begleiter, Pater Pio, um Hilfe. Er ist ein wunderbarer Heiliger unserer Zeit, barmherzig und doch auch pfeilgerade heraus. Ich konnte ihn sehr deutlich wahrnehmen und er forderte mich auf, meine Hände zu öffnen und mit Segen füllen zu lassen und in die Richtung meines Papas zu halten, damit diese Kraft zu ihm hin fließen kann. Dabei schenkte er mir folgendes einfache, aber kraftvolle Gebet; Worte des Trostes, die ich seitdem schon oft beten und weiterschenken durfte. Und ich konnte spüren, wie dieser Segen aus meinen Händen strömte und wie Ruhe und Frieden auch in mir einkehrten.

Auch wenn wir keinem Menschen seinen Rucksack abnehmen können, so bin ich der tiefen Überzeugung, dass jeder noch so kleine Gedanke ein Lichtfunke ist und eine Veränderung bewirkt. Möge auch dir, liebe Leserin, lieber Leser, dieses kraftvolle Gebet Hilfe sein, für dich persönlich und für deine Lieben. Denn wenn wir Gutes aussenden, werden auch wir selbst erfüllt von dieser Segenskraft.

Himmlischer Vater!

Durchflute mit deinem Segen
jede Zelle meines Körpers
mit Licht, Liebe und Gesundheit.

Durchflute mit deinem Segen
jedes meiner Gefühle
mit Licht, Liebe und Zärtlichkeit.

Durchflute mit deinem Segen
jeden meiner Gedanken
mit Licht, Liebe und Klarheit.

So sei es.
Amen.

„Ein Segen sollst du sein." (Genesis 12,2)

(Un-)Sichtbar angestupst!

Ein kleines Erlebnis aus dem ganz normalen Alltag, für mich damals allerdings sehr besonders, spielte sich im Juli 2013 in einem Reisebüro ab. Eine Freundin und ich hatten beschlossen, zusammen in den Urlaub zu fahren. Am liebsten mit Sonne, Meer, Strand, Ruhe und Erholung, aber auch mit Möglichkeiten, das Land zu erkunden. Wir hatten maximal sieben Tage Zeit, mit genauem Datum im September, und nur ein bestimmtes Budget zur Verfügung. Mit diesen „Wunschbedingungen" spazierte ich also ganz zuversichtlich in ein örtliches Reisebüro. Einladend zeigte eine Angestellte auf den Platz vor ihrem Schreibtisch. Als ich ihr von meinen Reisevorstellungen erzählte, meinte sie freundlich aber klar, dass erst eine Woche vorher eine Frau mit den gleichen Eckpunkten da war. Doch weil die Buchung schon so zeitnah anstand, genauso wie bei uns, musste sie eine stolze Summe mehr dafür hinlegen. Oje, die Zuversicht schwand allmählich dahin. Über ihre Suchmaschine im PC fand die Angestellte zwar einige Angebote, doch nichts sprach mich wirklich an. Mal war's zu teuer, mal gab es Flüge nur mit Zwischenstopps oder „laute" Städtereisen… kurz: all das entsprach nicht unseren Wünschen. Als die Stimmung in mir schon sehr entmutigt war, rief ich in Gedanken meine Engel an: „Liebe Engel, helft mir! Wenn es gut und stimmig ist, zu zweit in den Urlaub zu fahren, dann lasst uns etwas Passendes finden! Wenn nicht, ist es auch in Ordnung." Kaum hatte ich diesen Gedanken losgelassen, ging in der nächsten Sekunde sichtbar ein Ruck durch die Dame vor mir, als hätte ihr ihr Schutzengel einen Klaps auf den Rücken gegeben: Ihre Körperhaltung veränderte sich, sie setzte sich aufrecht hin, straffte ihre Schultern, und sogar ihre Stimme und ihr Gesichtsausdruck strahlten Entschlossenheit und Leuchten aus. „Gut, dann gebe ich jetzt alles noch einmal per Hand ein", meinte sie. Die Stimmung in mir hob sich sofort. Und wie sollte es anders sein – schon nach wenigen Minuten fanden wir eine schöne, ruhige Ecke auf einer Mittelmeerinsel, das Hotel nahe am Strand gelegen, mit Direktflug, inklusive Mietwagen, um das

Land zu erkunden, und alles sogar in unserem finanziellen Rahmen. Das i-Tüpfelchen bildete schließlich der Name des Hotels: „Santa Maria". Danke Maria, du Königin der Engel! Danke euch, ihr lieben Boten des Himmels! Na dann – auf in den Urlaub! Nicht nur ich konnte strahlend diesen Raum verlassen. Auch die Angestellte war freudig erstaunt, denn so ein Angebot hätte sie nicht für möglich gehalten. Tja, wenn Engel eingeladen werden, ist so vieles möglich. Ganz einfach!

„Glaube aber ist: Feststehen in dem, was man erhofft, überzeugt sein von Dingen, die man nicht sieht." (Hebräer 11,1)

Zauberhafte Engel-Musik

Wir Menschen sind sinnliche Wesen. Wir erleben das Leben um uns herum über unsere fünf Sinne und lassen uns gerne verzaubern: von Farben und Lichtern, Düften, besonderen Geschmackserlebnissen, kuscheliger Wärme... und natürlich von Musik. Über Stimmen und Instrumente können wir in himmlische Schwingungen eintauchen, so als würden Himmelstore in uns geöffnet werden. Klassik, Meditationsmusik, heilsame Gesänge oder Klang, oder auch andere Musikrichtungen können wie Gebet und Meditation wirken: erhebend und Herz öffnend. Und dass der Himmel wirklich voller wunderbarer Schwingungen ist, wurde mir durch ein einmaliges Musik-Wunder-Erlebnis eröffnet.

Es war zur Frühlingszeit 2005. Ich saß gerade im Büro in der Firma meiner Eltern am Computer. Ich erinnere mich, ich suchte nach Informationen und Klarheit, denn ich erlebte gerade eine sehr herausfordernde Zeit. Nach dem Schulabschluss und meiner Aupair-Zeit hatte ich in Passau meine Ausbildung zur Kinderkrankenschwester begonnen, doch schon beim ersten Einsatz auf Station merkte ich, dass ich zwar fachlich gut zurecht kam, dass ich mich den kranken Kindern und ihren Eltern aber nicht so widmen konnte, wie ich gerne wollte – ganzheitlich mit mehr Zeit und Raum. Von Woche zu Woche nahmen spürbar meine Motivation und Kraft ab. Über ein Jahr hatte ich mich bereits durchgekämpft, und immer wieder suchte ich in Gesprächen – und eben im Internet – nach einem anderen Weg für mich. Manches klang interessant und verlockend, Pro und Contra wurden abgewogen, Vernunft und Herz zogen in unterschiedliche Richtungen. Es war echt nervenaufreibend. Und da saß ich nun wieder einmal, alleine in diesem großen stillen Büroraum, und suchte nach Antworten. Plötzlich hörte ich, erst ganz zart, dann immer lauter werdend, wunderbare Klänge… Töne... Gesang... Einfach so. So schön, dass ich es nicht in Worte fassen kann. Zuerst dachte ich, diese Musik käme von der

Internetseite, die ich gerade geöffnet hatte. Doch der Lautsprecher war ausgeschaltet. Dann stand ich auf und suchte nach der Quelle dieses Klangs. Doch das Radio war aus, und auch sonst gab es kein Gerät, das Musik hätte erzeugen können. Und überhaupt war die Musik in dem großen Raum von überall gleich laut zu hören. Schließlich setzte ich mich einfach wieder hin und lauschte diesem himmlischen Engelsklang. Es war wie heller Gesang... wie ein Gloria ohne Worte... leuchtend, erhebend, fein, weich und gleichzeitig kraftvoll... Herz, Bauch und Kopf waren gleichermaßen berührt. Ich kann nicht sagen, wie viel Zeit vergangen war. Nach und nach wurde die Musik leiser, bis es wieder ganz still war. Es dauerte ein paar Minuten, in denen ich einfach nur dasaß, bis ich realisierte: So klingt also der Himmel. Welch ein Geschenk!

Dieses Erlebnis war übrigens ein entscheidender Schlüssel auf meinem beruflichen Weg. Die Internetseite, die ich nämlich gerade im Moment der Himmelsmusik besucht hatte, enthielt eine wichtige Botschaft für meinen späteren beruflichen Weg. Auch wenn ich den Zusammenhang erst viele Wochen später erkennen durfte. So sind sie, die Engel: Sie sprechen zu uns und unserem weisen inneren Kern, rütteln uns auf, animieren uns Schritte zu unternehmen, auch wenn der Verstand eine viel „längere Leitung" hat und die Zusammenhänge erst im Nachhinein erkennt...

„Halleluja! Lobet den Herrn vom Himmel her, lobt ihn in den Höhen: Lobt ihn, all seine Engel, lobt ihn all seine Scharen!" (Psalm 148,1f.)

Engel sind kreativ

Die Weihnachtszeit ist die Zeit der Engel. Schließlich wurde auch Jesu Geburt vor 2000 Jahren vielfach von Engeln angekündigt und begleitet. Dabei sind sie heutzutage nicht nur vielbesungen in den stimmungsvollen Weihnachtsliedern, oder sichtbar in Form von Lebkuchen, Schmuck und Dekoration, in Gestecken und am Christbaum. Nein, ganz real und doch oft unsichtbar wirken sie in dieser Zeit mit, Liebe, Frieden und Licht in die Welt zu bringen. Und sie setzen sich auch ein, zum Teil ganz kreativ, für unsere alltäglichen Herausforderungen. Meine Geschichte der humorvollen Art vom Weihnachtsfest 2016 erzählt davon.

Von meinem Nachbarn hatte ich quasi nachträglich zum Einstand für meine neue Wohnung einen kleinen Christbaum von seiner eigenen Plantage geschenkt bekommen. Es war mein erster Christbaum in meinen eigenen vier Wänden. Er brachte den schön gewachsenen Baum schon lange vor dem Fest vorbei, und ich lagerte ihn sicher und kühl im Carport. Es war Zeit genug, den Schmuck zu besorgen: Baumständer, Kugeln, Lichterketten, Strohsterne. Um in Ruhe in den 24. Dezember starten zu können, dachte ich mir, ich stelle ausnahmsweise meinen Baum bereits am Vorabend auf. Gesagt, getan. Nachdem ich auch die Lichterkette angebracht hatte, verging mir jedoch bald die Vorweihnachtsfreude: Ich musste erkennen, dass bei der Kiste mit den schönen roten und goldenen Kugeln keine Aufhänger dabei waren. Na schön. Erst mal eine Nacht drüber schlafen, morgen ist auch noch ein Tag. Am 24.12. in aller Frühe versuchte ich zunächst, die Dekoration mit dünnen Fäden aufzuhängen. Das war eine Arbeit – nein danke! Also gut, fahr ich noch schnell in die Stadt und kaufe Aufhänger. Dort stellte sich jedoch heraus, dass bereits so ziemlich jede Weihnachtsdeko ausverkauft war (ganz perplex musste ich zusehen, wie tatsächlich schon für Fasching hergerichtet war!!). Keines der Geschäfte, das ich aufsuchte, hatte also noch Christbaum-Kugel-Aufhänger zu bieten. Wie in jeder großen und kleinen Not kommt Hilfe durch das Gebet: „Liebe Engel, helft mir bitte, etwas zum Aufhängen zu finden!!!" Daraufhin spürte ich das Drängen in mir, noch in einen letzten Supermarkt zu gehen. Meine Hoffnung war fast gleich Null, muss ich dazu sagen. Aber gut, ich folgte dieser leisen Stimme in mir. Gerade als ich im ersten Gang zügig durchmarschierte, spürte ich: *„Stopp! Einen Schritt zurück! Und schau genau hin!"* Hm, alles was ich dort sehen konnte, waren Süßigkeiten, Büroartikel – und Büroklammern. Da musste ich echt lachen. Büroklammern als Allzweck-Verwendung. Stimmt, wieso eigentlich nicht?! Die (vorletzte!) 500-Stück-Packung gehörte also mir. Und es funktionierte. Mein erster Christbaum erstrahlte in schönem Glanz und mit schimmernden Kugeln. Und nur wenigen, die mich in meiner Wohnung besuchten, fiel meine besondere Art der Kugel-Aufhänger ins Auge. Alle anderen schmunzelten und freuten sich einfach mit mir am funkelnden Weihnachtsbaum.

„Wer ist der Mann, der Gott fürchtet? Ihm zeigt Er den Weg, den er wählen soll. Dann wird er wohnen im Glück." (Psalm 25,12f.)

Feder-Zeichen

Wie können wir sicher sein – wirklich sicher sein – dass unsere Gebete erhört werden? Ich glaube, es gibt verschiedene Zeichen, die uns geschickt werden, die uns zeigen möchten, dass wir auf dem richtigen Weg sind, dass wir trotz aller Schwierigkeiten von den Engeln liebevoll umgeben sind. Es kann ein Kommentar sein von einem Menschen, der uns begegnet, ein Lied im Radio mit einer entscheidenden Botschaft, eine Münze, die wir unverhofft finden, ein besonderer Rosenduft, der uns in die Nase weht, oder Federn, die einfach so vor unseren Füßen liegen. Ja, von so einer Feder handelt folgendes Erlebnis.

Im Juni 2014 hatte ich das Glück, mit einer Studienfreundin nach Norditalien in den Urlaub fahren zu können. Wir reisten per Bahn und Bus, waren viel zu Fuß unterwegs und erkundeten verschiedene Orte. Zu Beginn besuchten wir Padua, die Stadt des Heiligen Antonius, des „Schlamperer-Patrons", wie meine Oma ihn immer liebevoll genannt hatte. (Von diesem kraftvollen Ort gäbe es wieder einige „Wundergeschichten" zu berichten.) Bevor wir zu unseren nächsten Zielen Venedig, Verona und schließlich an den Gardasee aufbrachen, übergab ich dem Heiligen Antonius und den liebevollen Engeln ein großes Herzensanliegen, das ich schon längere Zeit mit mir herumtrug. Schließlich hilft er dabei, das, wonach man sucht, auch zu finden. Ich konnte ihn sehr gut „sehen" (mit meinen inneren Augen) und spüren. Doch ich bat zusätzlich um ein sichtbares Zeichen – nämlich eine weiße Feder – dass mein Gebet auch wirklich angekommen war, dass sich der Himmel tatsächlich darum kümmerte. Schließlich setzten wir unsere Reise fort. Zwei Tage später, als wir in Verona über sonnige Plätze und durch schattige Gässchen spazierten, erinnerten mich die vielen verschiedenfarbigen Tauben an mein Gebetsanliegen bzw. an das erbetene Zeichen. In Gedanken schickte ich sogar ein „Hallo" an die gurrenden Vögel in den Steinmauern: „Wie wär's, habt ihr vielleicht eine weiße Feder für mich?" Braune, schwarze, graue, und gefleckte Federn lagen zu Hauf auf den Straßen herum, aber keine einzige weiße. Ich durfte mich also in Geduld üben. Wir fuhren weiter und kamen endlich an den türkisblauen Gardasee. Der Busfahrer ließ uns (unordnungsgemäß! – danke für dieses Geschenk!) direkt vor unserem Hotel bei Sirmione aussteigen, und weil das direkt am Wasser lag, gingen wir samt Koffer gleich hinters Haus in Richtung Steg. Schon beim Näherkommen ans Wasser war der Ausblick einfach gigantisch. Das gegenüberliegende Seeufer mit den aufragenden Bergen lag imposant vor uns, blauer sonniger Himmel über uns, türkises erfrischendes Wasser vor uns. Aber noch beeindruckender war schließlich etwas ganz Kleines, das da im Wasser direkt vor meinen Füßen schwamm: eine kleine, schön geschwungene weiße Schwanenfeder. Und eine Stimme klang dazu in meinem Kopf: "*Wir haben dein Gebet gehört. Hab nur Geduld. Lass uns nur machen. Und vertraue.*" Ja, möge unser Vertrauen wachsen, jeden Tag. Und möge unsere Geduld mindestens genauso groß sein.

„Mit ganzem Herzen vertrau auf den Herrn, bau nicht auf eigene Klugheit; such ihn zu erkennen

auf all deinen Wegen, dann ebnet er selbst deine Pfade.“ (Sprüche 3,5f.)

Wegbegleiter ins Licht

„Den roten Faden finden" lautete die Über-
schrift zu einem drei-tägigen Seminar, das ich
von der Arbeit aus kürzlich besuchen durfte.
Eine Impulsfrage des Referenten war, dass wir
nach entscheidenden Personen oder Situationen
in unserem Leben suchen sollten, die markant
waren auf unserem bisherigen Weg. Ich ging
also gedanklich die Jahre zurück und da fielen
mir immer mehr Menschen ein, die ausschlag-
gebend waren für Schlüsselerlebnisse und wichtige Entscheidungen: meine Eltern und Geschwister, Verwandte, Freunde und Bekannte,
so manche Lehrer und „zufällige" Wegkreuzungen mit zunächst Fremden. Im Rückblick er-
schien es mir, als wäre jede dieser Begegnungen wunderbar von himmlischen Mächten koor-
diniert gewesen. Und noch etwas kam mir mit
einem großen Gefühl des Trostes in den Sinn:

dass wir auch über den Tod hinaus Wegbegleiter haben, die uns an der Hand nehmen. Diese
Wundergeschichte erzählt ein mir sehr kostbares Erlebnis, bei dem sich mir dieser Vorhang
zur anderen Seite wieder einmal kurz öffnete.

Im Februar 2012 ging einer meiner beiden
Opas ins Licht. Nach meiner Arbeit fuhr ich sofort zum Haus meiner Großeltern, nachdem er
zwei Stunden zuvor in einem gesegneten Alter
daheim verstorben war. Meine Oma, mein Papa
und meine Onkel und Tanten waren gerade unterwegs, alles Organisatorische zu regeln, und
so war es ruhig im Haus. Nur meine Mama und
eine Tante waren da und wir saßen zu dritt an
Opas Bett. Er sah ganz friedlich aus, und der
Raum war erfüllt von einer ganz ungewohnten,
besonderen Heiligkeit. Verschiedenes konnte ich
wahrnehmen, ganz besonders die Anwesenheit
von zwei Frauen links und rechts von seinem
Bett. Auch wenn ich sie nicht „sprechen" hörte,
so wusste ich, dass sie gekommen waren, um
meinen Opa hinüber ins Licht zu begleiten. Dieser war übrigens so voller Staunen und seine
Worte klagen in mir „Ihr könnt euch ja gar nicht
vorstellen, wie schön es hier ist!" Es war so er-
greifend, dieses wohlwollende, liebevolle, erhe-

bende Willkommen-heißen in den Himmel zu sehen und zu spüren! Weil ich diese beiden Frauen in ihrer erfrischenden Ausstrahlung zuvor noch nicht gesehen hatte, weder im „wirklichen Leben" noch auf einem Foto, beschrieb ich diese beiden meiner Mama (solche Gespräche waren bei uns daheim ganz normal) und meiner Tante (meine innere Stimme sagte, dass ich ihr das „zumuten" konnte, was tatsächlich kein Problem war). Auch sie wussten nicht, wer diese Frauen sein könnten. Die eine „himmlische Begleitperson" war bekleidet mit einer Arbeitsschürze, die langen Haare nach hinten zu einem Schopf gebunden, mit markanten, großen Augen. Die andere Dame war größer, trug ein schönes, bordeaux-farbenes Kostüm, die Haare kinnlang und leicht gewellt, sehr fein und edel anzusehen. Als wir später mit der übrigen Verwandtschaft beisammensaßen, erzählte ich ihnen ebenfalls von diesen beiden Frauen. Während meiner Beschreibung der einen Frau war allen sofort klar: das war Opas Mama! Wie wunderbar! (Später konnte ich sie auf einem Foto wiedererkennen, allerdings sah sie jetzt, im Himmel, viel freudiger und kraftvoller aus.) Die andere Dame konnte vorerst leider niemand identifizieren. Doch schon allein das Wissen, dass Opa hinüber begleitet wurde, vermittelte allen Trost und inneren Frieden. Drei Tage später, es war nach der Beerdigung, bei der Opa sich mit „Joppn und Hut" liebevoll verabschiedet hatte, da saßen wir – Oma, die Kinder, Schwiegerkinder und Enkel – wieder in Omas Stube zusammen. Da meinte eine Tante ganz interessiert, ich solle diese eine noch unbekannte Frau noch einmal beschreiben. Jeder lauschte ganz aufmerksam, und als ich fertig war, da hatte meine Tante die erleuchtende Erkenntnis: Diese Frau ist Opas Cousine! Sie beide waren die ersten Lebensjahre zusammen aufgewachsen, doch im Jugendalter war jene Cousine weiter weggezogen und ihr Kontakt wurde weniger. Erst zwei Monate vor Opas Tod – das wusste meine Tante – war diese gestorben. Ja, wer könnte einen leichter hinüber begleiten als jemand, den man gern hat und der kurz vorher ebenfalls die Brücke ins Licht überschritten hat…? Niemand kommt alleine auf die Welt und niemand muss alleine wieder gehen. Wir sind begleitet und geführt, von sichtbaren und unsichtbaren Engeln. Immer. Welch ein Wunder, wenn sich manchmal dieser Vorhang lüftet und man hineinblicken darf in die Ebene, wo die Engel (und später auch wir Erdenkinder) zu Hause sind!

„Er ist doch kein Gott von Toten, sondern von Lebenden, denn für ihn sind alle lebendig." (Lukas 20,38)

Glück im Unglück

Manchmal begegne ich Menschen, die über die Art ihres Verhaltens und Redens zeigen, dass ihr Glaube an eine höhere Macht, an einen Gott der Liebe, offensichtlich sehr gering ist. Denn Worte, Gedanken und der Glaube sind Spiegel der innersten Überzeugungen. Der Glaube wiederum hängt natürlich mit all dem zusammen, was man oft nur mit dem Herzen, nicht mit den Augen wahrnehmen kann. Nur sehr wenige von uns haben die Gnade und Gabe, Engel sehen zu dürfen. Aber wir alle können über das Sichtbare die unsichtbare Ebene erahnen. Ich bin der festen Überzeugung, dass sehr oft auch Menschen zu Engeln werden können, zu „Engeln des Alltags", sichtbar und greifbar, einfach, weil sie eine entscheidende positive Veränderung in uns bewirken. Es müssen nicht immer Engel mit Flügeln sein. Eine solche engelhafte Begegnung der besonderen Art hatte ich im Januar 2017.

Meine eineinhalb-jährige Ausbildung zur TouchLife Massage Praktikerin fand am schönen Edersee bei Kassel statt. Weil mein Auto nicht mehr das jüngste war, fuhr ich in jener Ausbildungswoche im Januar nur bis nach Forchheim zu einem weiteren TouchLife Kollegen, um von dort gemeinsam die Fahrt in seinem Auto fortzusetzen. Bei der Heimreise an einem frostigen Sonntagabend war es bereits dunkel und die Straßen zum Teil sogar glatt, als ich in Forchheim in mein Auto stieg. Ich war müde, auch wenn mir diese Woche sehr gut getan hatte, war ich körperlich nicht ganz fit und litt auch noch unter starken Bauchschmerzen. Deshalb freute ich mich einfach auf zu Hause. Ca. achtzig Kilometer vor meinem Ziel erlebte ich mein „Glück im Unglück": Auf der Autobahn, in einer weitläufigen Linkskurve, konnte ich plötzlich mein Auto nicht mehr steuern! Das Gas funktionierte nicht mehr. Irgendwie war es mir Gott sei Dank möglich, das Auto in der Kurve zu halten und es am Standstreifen zum Stehen zu bringen. Es war halb sieben und stockdunkel. Direkt neben mir rasten die Autos vorbei, starker

Wind zerrte an meinem Wagen und nichts ging mehr, keine Zündung, keine Heizung. Verzweifelt schickte ich Stoßgebete nach oben. Tief einatmen. Und ausatmen. Gut, ADAC anrufen. (Bitte, Handyakku, halte noch durch!) Die freundliche und kompetente Dame am Telefon instruierte mich über alles Wichtige bei so einem Notfall: Warnweste anlegen, Warndreieck aufstellen. Gerade als sie mich fragte, wo genau ich liegengeblieben wäre, hielt hinter mir ein Auto an. Es waren noch keine fünf Minuten vergangen, seitdem ich hier stand. Ein junger Mann stieg aus und kam zu mir zur Fahrertür. Das Telefonat beendete ich deshalb vorerst. Ich stieg aus, und mein Gesichtsausdruck sprach wahrscheinlich Bände. Er meinte äußerst freundlich und ruhig: „Ja hallo, Sie sind wohl liegengeblieben. Sie haben Glück, ich bin KFZ-Mechaniker-Lehrling." Bei diesem Satz konnte ich wieder etwas aufatmen und musste sogar lachen. „Dich schickt der Himmel!" Obwohl er noch so jung war, vermutlich keine zwanzig Jahre, strahlte er eine große Ruhe aus, die sich sofort auf mich übertrug. Mein logisches Denken funktionierte wieder. Während ich das Warndreieck aufstellte (meine dankbare Feststellung währenddessen: meine körperlichen Beschwerden waren wie weggeblasen!), untersuchte er meine Reifen, Motorhaube etc., suchte sogar mithilfe seines Handys nach möglichen Ursachen, konnte jedoch nichts finden. Also bot er an, mein Fahrzeug mit seinem Auto abzuschleppen, ein Seil hatte er dabei. Nur war mein Abschlepphaken unauffindbar (mittlerweile weiß ich, wo er ist), so dass ich erneut den ADAC anrief, um das weitere Vorgehen zu klären. (Abgesehen davon wäre es nicht erlaubt gewesen, auf der Autobahn privat ein liegengebliebenes Auto abzuschleppen, wie ich später aus erster Hand erfuhr.) Um es kurz zu machen: nachdem alles geregelt war, verabschiedete sich der junge Mann von mir, denn nun konnte er auch nichts weiter tun. Während ich auf den Abschleppdienst wartete, war natürlich noch immer eine gewisse Anspannung in mir, aber gleichzeitig auch ein kleines freudiges Staunen: Gott sieht unsere Not und erhört unsere Gebete. Und nicht selten schickt er uns sogar einen Engel in Menschengestalt, mit blonden Haaren, mitten auf der Autobahn.

„Denn ich… kenne meine Pläne, die ich für euch habe…, Pläne des Heils und nicht des Unheils; denn ich will euch eine Zukunft und eine Hoffnung geben. Wenn ihr mich ruft… und zu mir

betet, so erhöre ich euch. Sucht ihr mich, so findet ihr mich." (Jeremia 29,11-13)

Ein Umweg als Antwort

Wie findest *du* die Antworten auf deine drängenden Fragen? Sei es in Herzensangelegenheiten, sei es bei wichtigen Entscheidungen oder einfach so als Bestätigung auf deine intuitiven Vermutungen? Ich glaube, um Klarheit zu erhalten, kann es hilfreich sein, das innere Rumoren oder die Unzufriedenheit ehrlich wahrzunehmen und ins Wort zu bringen – im Kopf, auf einem Blatt Papier, im Gespräch mit einem Gegenüber oder im Gebet. Am besten als Frage, als Wunsch- oder Zielformulierung oder noch besser als Dank im Voraus für die gute geistige Führung in dieser Angelegenheit. Und dann ist es wichtig, in Geduld zu warten, wie in einer Atempause. Damit sich die Frage setzen kann. Und damit man den nächsten Schritt auch wahrzunehmen vermag. Dann kommt vielleicht ein Impuls: *„Schalte mal das Radio ein. Lies mal in* *jener Zeitschrift. Schlag mal dieses Buch hier auf. Ruf mal jene Freundin an. Melde dich in diesem Kurs an...*" Folgt man dieser kleinen Stimme, kann sich ganz überraschend eine Antwort zeigen. Denn Gott hat immer einen bestmöglichen Plan für uns und freut sich – menschlich gesprochen – wenn wir bereit sind, hinzuhören, seine Botschaft zu empfangen und entsprechend aktiv werden. Von einer solchen „himmlischen Antwort" und davon, wie ich überhaupt zu jener bereits genannten Massage-Ausbildung gekommen bin, möchte ich dir gern erzählen.

Während meiner geistigen Arbeit mit Menschen, als Religionspädagogin bzw. spirituelle Wegbegleiterin in meiner Privatpraxis, wuchs in mir der Wunsch nach einem ganz „handfesten", handwerklichen Tun, verbunden mit einem sinnvollen Dienst am Menschen. Eine Freundin von mir hatte bei Kassel eine Massage-Ausbildung begonnen und ich durfte als einer der ersten Übungsklienten ihr Erlerntes genießen. Sofort bei der ersten Behandlung hatte ich Feuer gefangen: Genau das war's! Achtsame Körperarbeit – wo neben den Massagegriffen auch Gespräch, Energieausgleich, Atem und Achtsamkeit von großer Wichtigkeit waren. Ich fackelte nicht lange, doch weil mir die Ausbildungsdauer und die Kosten sehr hoch vorkamen, meldete ich mich kurzerhand voller Freude im Nürnberger Raum bei einer ähnlich ausgeschriebenen Ausbildung an (Zeit und Kosten betrugen genau die Hälfte verglichen mit der Ausbildung meiner Freundin). Doch leider musste ich schon nach der ersten Kurseinheit die Massageausbildung bei dieser Dame vorzeitig beenden. Ich hatte eine stimmige inhaltliche Gestaltung und pädagogische Kenntnisse mit Wertschätzung als Basis erwartet. Stattdessen erlebte ich das Gegenteil: eine Ausbildungsleiterin mit einer äußerst bestimmenden und sogar verletzenden Art. Nach diesem sehr teuren Lehrgeld hatte ich trotz allem die Kostbarkeit der achtsamen Körperarbeit erkannt und wollte diese Erfahrung einfach nur in mir zu einem guten Abschluss bringen. Deshalb meldete ich mich, wie jene Freundin, beim vier-tägigen Schnupperkurs dieser besonderen Massageausbildung „TouchLife" im Sommer 2016 am Edersee bei Kassel an. Die Versöhnung mit diesem Thema war mir diese Strecke jetzt einfach wert. Und tatsächlich, dort war es einfach nur wohltuend: sowohl die Lehrer und Assistenten selbst, als auch der theoretische und praktische Inhalt und die Art der kompetenten Vermittlung. Kein Vergleich zum vorherigen Kurserlebnis. Ich fühlte mich angekommen. Doch eigentlich hatte ich nicht vor, noch einmal eine große Summe Geld zu investieren, noch dazu eineinhalb Jahre Zeit samt langer Autofahrten für die Wochenkurse. Aber etwas lockte mich. Vielleicht können manche nachempfinden, wie es in mir arbeitete. Also setzte ich mich am vorletzten Tag dieses Schnupperkurses in der Mittagspause aufs Bett und übergab diese Frage an Gott: „Was war das richtige, zum höchsten Wohl für mich und alle meine Klienten?" Wie schon die Tage zuvor, zog es mich daraufhin in den schönen Wald vom Naturpark Kellerwald. Das saftige Grün, die kräftigen, alten Bäume, die frische Luft und die Stille waren einfach herrlich. Der „leise" weiche Waldweg lag kühl im Schatten der Bäume. Drei kleine weiße Federn am Boden stimmten mich sogleich friedvoll und ganz leicht. Gut zu wissen, dass die Engel bei mir waren. Danke! Ich bog um eine Ecke, als eine mächtige Eiche, von einem Sturm umgeworfen und entwurzelt, den Weg versperrte. Sie lag wohl schon einige Monate da und war mit Kletterpflanzen schon ziemlich zugewuchert. Aha, mein (Massage)Weg soll also hier zu Ende sein, dachte ich mir. Erst als ich direkt vor dieser Absperrung stand, erkannte ich, dass es bereits einen schmalen Trampelpfad gab, der um die offengelegten Wurzeln herumführte. Neugierig und mit einem Lächeln folgte ich diesen Spuren. Und gerade in dem Moment, als ich meinen Fuß wieder auf den ursprünglichen Weg setzte, veränderte sich – fast Filmreif – die Sonneneinstrahlung durch die Bäume, so dass nun der ganze Weg vor mir von einem hellen freundlichen Licht erleuchtet war. Mein Herz wurde ganz weit und ich spürte ganz deutlich: *„Dein Weg geht weiter. Auch wenn es manchmal Umwege gibt. Geh weiter!"* Danke, mein Gott, für diese Antwort! Auch wenn ich noch nicht wusste, wohin dieser (Massage)Weg nun genau führen sollte, folgte ich ihm. Und schließlich, im Dezember 2017 konnte ich die Ausbildung zur TouchLife Praktikerin erfolgreich abschließen. Diese Zeit mit aller Selbsterfahrung und dem, was ich an Handwerkszeug für meine Arbeit lernen durfte, war einfach nur ein großes Geschenk. Gott sei Dank!

Und abgesehen von der konkreten Antwort des Himmels erkannte ich wieder einmal: Wenn du Gott eine Frage stellst, antwortet er dir auch. Und die Antwort hat nur selten etwas damit zu tun, die Beine hochzulegen und nichts zu tun.

Meistens geht's darum, aktiv zu werden, den inneren Schweinehund zu bezwingen, Dinge anzupacken, zu verändern und step by step vorwärts zu gehen. Ganz nach „Bruce Allmächtig": Sei selbst die Veränderung, die du dir wünschst.

„Ich unterweise dich und zeige dir den Weg, den du gehen sollst. Ich will dir raten; über dir wacht mein Auge. (Psalm 32,8)

Ein Lied im letzten Moment

Während ich gerade an die bewegende Zeit während meiner TouchLife Ausbildung denke, fällt mir sogleich ein weiteres Erlebnis in diesem Zusammenhang ein.

Hin und wieder bekomme ich von oben ein Lied „geschenkt", zum Singen, für Klavier oder Gitarre, zum Teil samt Text und Melodie. Manchmal in bestimmten Situationen, wenn ich z.B. für die Heilung eines lieben Menschen bete, während eines Spaziergangs in der Natur oder auf der Autofahrt nach der Arbeit. Für meine Diplomfeier nach dem Studium konnte ich beispielsweise unser Abschluss-Mottolied „ich bin dann mal (auf dem) weg" beisteuern. Nun war ich also am Ziel einer weiteren kostbaren Ausbildung angekommen: TouchLife. Beim Ideensammeln für unsere Abschlussfeier war mir der Gedanke gekommen, dass ich möglicherweise ein Lied mitbringen könnte – falls mir eines „einfallen" sollte. Schon viele Tage vor der letzten Kurswoche bat ich um göttliche Inspiration. In einem „gesungenen Gedicht" wollte ich einfach DANKE sagen für all die wertvollen Erfahrungen und Erlebnisse. Und damit es leicht ins Ohr geht, sollte es sich natürlich reimen. Und weil ich die einzige in unserer Gruppe war mit bayrischen Sprachwurzeln („die Frau aus Bavaria", wie mein brasilianischer Kollege mich nur noch nannte), musste das Lied also auch ganz authentisch in meiner Muttersprache, also auf Bayrisch sein. Das waren also die Rahmenbedingungen. Aber irgendwie wollte sich kein Gedicht oder Lied formen lassen. So schob ich dieses Vorhaben immer wieder hinaus. Schließlich war der Tag meiner Abfahrt da: ein Sonntag, Ende November. Mein Koffer war gepackt. Mit den letzten Zutaten in meinem Kühlschrank zauberte ich noch ein Mittagessen und eine Brotzeit für die fünfstündige Fahrt. Danach blieben mir noch zwei Stunden Zeit bis ich ins Auto steigen musste. Gut, letzter Versuch. Ich setzte mich ans Klavier, nahm Blatt und Stift. Und wie von Zauberhand fanden sich alle bisherigen Ideen und Bausteine mit Leichtigkeit zu sinnvollen Zeilen und einer schönen Melodie zusammen. Wieder einmal war ein Lied geboren. Ich hatte sogar noch Zeit fürs Abtippen und Kopieren, damit auch die anderen Mitstudenten und Ausbilder mitlesen und mitsingen konnten. Und was soll ich sagen – ich hatte große Freude daran, und beim Bunten Abend meine Kollegen offensichtlich auch. Und weil der Text für viele Situationen passt, mag ich ihn dir nicht vorenthalten. Hier ist er (ich hoffe du verstehst ihn ;-)).

Berührt und beschenkt

I bin berührt und reich beschenkt,
die Engel hab'n meine Schritt' so guad ge-
lenkt.
Mia kina ejz feiern mitanand,
weil s'Lebn hat uns so voller Segen an der
Hand.

1. Dankbar und im Frieden schau i ejz z'ruck,
hab's gschafft über so manche wacklige Bruck.
Die Wege war'n mal wolkig, mal voll Sunna,
mit jedem Schritt hab i Schätze g'funa.

2. Wia a starker Baum in seiner ganz'n Kraft
spür i fließen in mir den Lebenssaft.
Und vertrau, dass mi die Wurzeln trag'n,
und der Himmel duad se auf, Neues zu wag'n.

3. Und fragst du mi: Wos is da Schlüssl zum
Glück? Einfach a zärtlicher, ehrlicher Blick,
und Händ', die halt'n und Worte, die berühr'n,
lass'n uns 'as größte G'schenk, die Liebe,
spür'n.

„Alles hat seine Stunde. Für jedes Geschehen unter dem Himmel gibt es eine bestimmte Zeit." (Kohelet 3,1)

Einmal bitte rückwärts!

Kennst du das Gefühl, dass du deinen Weg nicht mehr klar vor dir sehen kannst? Oder vielleicht hast du manchmal so viele Aufgaben zu erledigen, dass du dich nicht mehr hinaussiehst? Oder in dir schwingen unzufriedene Fragen: Wohin? Warum? Wozu? Wie? Diese Fragen tauchen jedenfalls bei mir an gewissen Lebensstationen immer mal wieder auf. Neben den Fragen können auch die Antworten Gottes unsere Logik übersteigen – schließlich ist er selbst noch immer größer als unsere Vorstellung.

Es war an einem winterlichen Abend während meines Studiums. Draußen war es kalt und dunkel und ähnlich sah es auch in mir aus. Ich saß an meinem Schreibtisch und versuchte, den Lernstoff für die baldige Prüfung in meinen Kopf zu bekommen, was mich wieder einmal ganz schön herausforderte. In solchen Momenten ist jede Ablenkung willkommen – putzen, essen, Musik hören, Freunde treffen, sich sportlich betätigen, alles Mögliche lesen, nur nicht das, was man sollte... Während ich also gerade versucht war, statt in meinen Ordnern und Büchern lieber in einer Zeitschrift zu lesen, die ebenfalls auf dem Tisch lag, funkte plötzlich eine klare innere Stimme dazwischen: *„Lies das rückwärts!"* – Hä? Was bitte soll ich rückwärts lesen...? Auf dem Titelblatt nahm ich ein großgeschriebenes Schlagwort in den Blick. Das ergibt doch überhaupt keinen Sinn, dachte ich mir. *„Lies weiter!"* Auch das nächste Wort war von hinten gelesen nur Buchstabensalat. *„Lies noch weiter!"* Also gut, ich las Wort Nummer drei. Da stand vorwärts LEBEN. Aaaah! NEBEL. Mehr und mehr ging mir ein Licht auf! Das, was mir jetzt – aus rückwärtiger Sicht – wie im Nebel vorkam, ist von der richtigen Seite her betrachtet einfach das Leben! Auch alles Undurchschaubare gehört aus der göttlichen Sicht dazu, macht Sinn, macht das Leben abwechslungsreich und lebendig. Es ist alles eine Frage der Perspektive. Welch eine Erkenntnis! Danke lieber Gott! Du wunderbarer Lehrer in mir! Und mit einem Schmunzeln nahm ich meinen Ordner zur Hand und bekam das mit dem Lernen doch noch auf die Reihe ...

„Dann wende ich mich ihm zu, zeige ihm den geraden Weg und enthülle ihm meine Geheimnisse." (Jesus Sirach 4,18)

Wenn du denkst,
es geht nicht mehr ...

„... kommt von irgendwo ein Lichtlein her." Dieser Spruch ist wohl jedem bekannt. Vielleicht ist er etwas abgedroschen und einfach, aber genauso wahr. Bestimmt fällt dir sogar eine Gelegenheit ein, wo diese Weisheit auf wundersame Art bei dir wahr wurde. Ein solches „Lichtlein" bzw. Lichtbringer war für mich kürzlich ein Mann, der mich in seinem Auto einfach so an mein gewünschtes Ziel fuhr. Aber langsam, ganz von vorne.

Wie ich bereits in meiner allerersten Wundergeschichte erwähnt hatte, war ich im Sommer 2017 pilgernd auf der Via Nova unterwegs. Interessant war auf dieser Reise, dass ich morgens noch nicht wusste, wie lange ich von der körperlichen Anstrengung her marschieren konnte und wo genau ich am Abend ankommen und übernachten würde. Der Weg ist bekanntlich das Ziel, deshalb ließ ich mich einfach auf jeden Schritt ein. Spannend. Und sehr interessant. Vor allem, als streckenweise die Markierungen nicht eindeutig waren oder sogar einfach fehlten. Nach einer Tagesetappe von ungefähr zwanzig Kilometern kam ich an jenem Nachmittag gegen halb zwei in einen größeren Ort, wo ich sicherlich eine Unterkunft gefunden hätte, aber ich spürte: der Tag war noch jung! Nach einer kleinen Brotzeit nahm ich den Rucksack auf meinen Rücken – und weiter ging's! Allerdings berechnete ich diese zweite Etappe mithilfe meiner Landkarte bis zur nächsten Stadt auf ca. fünfundzwanzig Kilometer. Das Zutrauen war größer als die Zweifel, vor allem nach den „erfolgreichen" vergangenen Tagen. Im Notfall würde ich einfach einen Landwirt nach einem Gästebett oder Heustadel fragen. Nach einigen Kilometern wurde es jedoch ungemütlich. Dunkle Wolken verfinsterten den Himmel, es fing an, erst leicht und dann in Strömen zu regnen, und der Wind zerrte an mir. Zusätzlich führte das letzte lange Stück mindestens zehn Kilometer lang durch dichten Wald. Und zwar nicht auf einer ausgebauten Forststraße sondern bergauf und bergab auf schmalen rutschigen Pfaden. Ohne Häuser, ohne Menschen. Damit die Dunkelheit im Außen nicht vollständig auf mein Inneres abfärbte, hielt ich mich fest an Liedern wie „Maria durch ein' Dornwald ging" und an Gebeten, vor allem am schmerzhaften Rosenkranz. Kurz entschlossen wich ich an einer Wegkreuzung von der Via Nova ab und wählte, laut Beschilderung, einen kürzeren Wanderweg in den Ort Mondsee, denn mein Kräftetank war definitiv am unteren Limit. Gegen 19 Uhr konnte ich endlich aus dem Dschungel dieses abenteuerlichen Waldes heraustreten, die Knie schmerzten bei jedem Schritt, die Kleidung klitschnass bis zur Hüfte. Da riss der Himmel auf und die Sonne erleuchtete mein abgekämpftes Gemüt. Wow! Das erste „Lichtlein"! Und es folgte sogar noch ein zweites. Die dörflichen Straßen führten mich schließlich ins Industriegebiet. Als Ziel hatte ich Mondsee City mit dem markanten Kirchturm im Blick. Ich hoffte, dort im Zentrum zu dieser späten Stunde noch eine Unterkunft zu finden. Doch ich merkte bald, dass da dummerweise die Autobahn buchstäblich im Weg war. Wie sollte ich da nur als Fußgänger auf die andere Seite gelangen?? „Lieber Gott, hilf! Danke!" Zu mehr Worten als diesem Stoßgebet reichte die Kraft leider nicht mehr. Ah, danke, eine Tankstelle! Dort konnte ich nach dem Weg fragen. Während ich hineinging, war der flüchtige Gedanke in meinem Kopf, dass es mir eigentlich am liebsten wäre – auch wenn ich Pilgerin war – ob mich nicht einfach jemand im Auto mitnehmen könnte. Ich hatte kaum mehr Kraft, die Beine, Füße und der Rücken hatten eindeutig eine Grenzüberschreitung hinter sich, und so konnte ich kaum mehr aufrecht stehen, geschweige denn gehen. Ein gewisser Stolz war aber doch noch vorhanden (typisch Ego, oder?), und so war meine tatsächliche Frage an die Kassiererin der Tankstelle, wo es eine Brücke oder Unterführung gäbe, so dass ich in die Innenstadt gelangen könnte. Eine weitere Angestellte kam hinzu und schließlich versuchten sie mir den Weg zu erklären. Sehr kompliziert für meinen Kopf. Aber – hier kam Lichtlein zwei auf die Bühne! Mehrere Autofahrer hatten in der Zwischenzeit draußen getankt und kamen herein um zu bezahlen. Ein Mann mittleren Alters bekam die Wegbeschreibung mit und meinte plötzlich ganz freundlich und direkt: „Wenn du willst, kann ich dich in die Stadt mitnehmen, ich muss sowieso dorthin!" Mein Innerstes jubelte! Doch noch bevor ich auch nur ein Wort herausbekam, meinte doch tatsächlich die Kassiererin: „Bestimmt nicht, denn sie hat ja nach einem Fußweg gefragt." Innere Reaktion:

Ja klar, ich hab vielleicht auch kein Auto dabei! Geht's noch?? Äußerlich: Ich war sprachlos, unfähig zu antworten. Muss wohl am niedrigen Energielevel gelegen haben. Immer noch sprachlos verließ ich den Raum. Immerhin, eine Wegbeschreibung über gefühlt tausend Ecken hatte ich ja. Im Schneckentempo machte ich mich auf in die beschriebene Richtung. Doch Gott sei Dank hat jener Mann meinen gedanklichen Hilfeschrei verstanden. Denn auch er verließ die Tankstelle, hielt nach mir Ausschau und rief mir nach: „Also wenn du willst, kann ich dich wirklich gerne mitnehmen! Ist kein Problem!" O ja, bitte. Wenn es keine Umstände macht. Tausend Dank! In seiner Familienkutsche brachte er mich freundlicherweise sogar bis zur Haustüre der Jugendherberge und wünschte mir einen guten weiteren Pilgerweg. Vom Himmel geschickt, kann ich da nur sagen. Wie sich dann zeigte, hatte die Herberge bereits geschlossen, aber ein paar Straßen weiter wurde ich endlich fündig. Quasi zum krönenden Abschluss des Tages gönnte ich mir eine Übernachtung im Hotel „Zur Krone". Inklusive Restaurant mit einer wärmenden Suppe und heißem Tee. Satt, frisch geduscht, todmüde, aber dennoch glücklich fiel ich an diesem Abend ins Bett. Und konnte wieder einmal spüren „Wenn du denkst, es geht nicht mehr, kommt von irgendwo ein Lichtlein her." Yes! Einfach WUNDERbar!

„Meine Tochter, dein Glaube hat dir geholfen. Geh in Frieden!" (Lukas 8,48)

Die Kraft der Vergebung

Raum und Zeit existieren in Wahrheit gar nicht, sagen Metaphysiker. Schwer vorstellbar in unserer vieldimensionalen Welt. Aber dass es wirklich so ist, erlebte ich vor vielen Jahren mit eigenen Augen.

Im Februar 2008 wurde ich ins kalte Wasser geworfen. Im übertragenen Sinne versteht sich. Aber das reichte mir vollkommen. Während meiner beiden Praxissemester in einer Pfarrei und an verschiedenen Schulen gab es eine ältere Dame – nennen wir sie Agnes – mit der mich schon bald eine wohltuende Freundschaft verband. Mit ihr konnte ich mich wunderbar austauschen und offen und ehrlich über Gott und die Welt unterhalten. Besonders interessierte sie sich für meine bisherigen spirituellen Erfahrungen und Sichtweisen, und so nahm sie es einfach in die Hand, auch anderen Menschen in der Umgebung einen leichteren „Draht zum Himmel" zu ermöglichen bzw. ihn zu intensivieren, und organisierte einen EngelMeditationsAbend – mit mir als Leitung, wozu ich erst nach langem Zögern zusagte. Bei der Bekanntgabe über eine kleine Zeitungsannonce dachte ich, es würden vielleicht fünf-sechs Leute der Einladung ins Pfarrheim folgen. Doch wir hatten ganz überraschend alle Hände voll zu tun, als an die dreißig Personen an der Türe Schlange standen. Damit hatte keiner gerechnet. Schließlich fand jeder einen Platz in dem kleinen vorbereiteten Raum und wir begannen eine intensive Reise zu den Engeln und in die Schatzkammern unserer Seele. Am meisten staunte ich wohl selbst, was sich uns – und mir – alles zeigte. Nach dieser heftigen, facettenreichen „Feuertaufe", die der Anfang meiner weiteren spirituellen Arbeit mit Menschen sein sollte, verließ ich zusammen mit jener Freundin um kurz vor Mitternacht das Gebäude. Wir vereinbarten, uns am folgenden Nachmittag zu treffen, um in Ruhe zu reflektieren, was wir eigentlich alles erlebt hatten. Als ich schließlich bei Agnes zu Besuch war, erzählte sie mir, dass sie am vorangegangenen Abend mehr mit der Organisation beschäftig war und leider nicht ganz so tief in die Gebete, Meditationen und Übungen eintauchen konnte. Also luden wir die Engel noch einmal ganz persönlich für sie ein (genauer gesagt, sind die Engel ja immer und überall an unserer Seite, nur sind *wir* zu verschlossen um sie auch wahrzunehmen, daher ist eine Einladung der Engel nichts anderes als eine Herzöffnung unsererseits). In unserem Gespräch entwickelte sich bei Agnes nach und nach ein schmerzhafter Druck auf ihrem Herzzentrum. Dieser stellte sich als große Traurigkeit heraus, einfach weil sie liebe Menschen aus früheren Zeiten vermisste. Eine davon war zum Beispiel eine Freundin aus Kindertagen, mit der sie schon seit vielen Jahren keinen Kontakt mehr hatte. Im Gebet leiteten mich die Engel nun an, Agnes dabei zu helfen, ihrer Freundin jegliche Verletzungen zu vergeben, die diese ihr angetan hatte. Durch das Loslassen verwandelten sich die alten Enttäuschungen und verletzenden Worte in Barmherzigkeit und Mitgefühl. Und in einem zweiten Schritt durfte sich Agnes die Erlaubnis geben, sich selbst zu vergeben für alles, was von ihr ausgehend an negativen Gedanken und Worten ihre Freundschaft belastet hatte. Viele Tränen begleiteten diesen Reinigungsprozess und ermöglichten eine intensive innere Wandlung. Statt Verurteilung ihrer selbst erlebte sie nun wieder Liebe, Frieden und Leichtigkeit. Das vorher „beschmutzte" Band ihrer Freundschaft leuchtete nun wieder hell.

Hier könnte die Geschichte zu Ende sein, denn schließlich ist es doch bereits ein Wunder, dass sich innerhalb weniger Minuten ein Herz voller Traurigkeit in ein Herz voller Dankbarkeit und Licht wandeln kann. Aber die Fortsetzung dieses Wunders erlebte Agnes am folgenden Tag. Denn ganz unerwartet läutete bei ihr am Nachmittag das Telefon. Es war jene Freundin! Nach über zehn Jahren der Funkstille hatte diese zum Hörer gegriffen, um wieder Kontakt zu Agnes aufzunehmen! Die Vergebung in Agnes' Herzen hatte eine Welle der Liebe freigesetzt, die ihre Freundin erreichen konnte, trotz der weiten Distanz der Jahre und räumlichen Trennung. Raum und Zeit schienen aufgehoben. Welch ein Wunder!

Vergebung bedeutet übrigens nicht, etwas Negatives gutzuheißen. Es bedeutet vielmehr, sich aus den Stricken des Egos zu befreien, mit den Augen des Mitgefühls die Situation zu betrachten und loszulassen. Damals, vor 2000

Jahren konnten in der Begegnung mit Jesus Wunderheilungen geschehen, eben weil er Vergebung in den Heilungsprozess mit einbezog, genauso wie viele Heilige und Heiler in heutiger Zeit. Dabei braucht es nur ein ehrliches Herz und den einfachen, vertrauensvollen Gedanken: „Ich vergebe dir. Und ich vergebe mir. Ich lasse los. Du bist frei und ich bin frei. In Liebe."

„Wem ihr die Sünden vergebt, dem sind sie vergeben; wem ihr die Vergebung verweigert, dem ist sie verweigert." (Johannes 20,23)

Werkzeug des Himmels

Wer von uns hatte nicht schon einmal einen Helferjob, war Handlanger für andere Profis? Anderen zu dienen, sich Aufgaben unterzuordnen und innerlich trotzdem in seiner göttlichen Größe zu bleiben, ist für viele nicht so einfach. Meine Erfahrung ist, dass wir Menschen tatsächlich auch für den Himmel Werkzeug und Instrument sind. Manchmal sind auch viele Helfer nötig – wie kleine Mosaiksteinchen – um Wunder zu ermöglichen. Und meistens bekommen wir selbst unseren Part gar nicht mit. Wenn wir nämlich „im Flow" sind, dann nehmen wir die Impulse als selbstverständlich wahr – und so soll es auch sein. Damit bewirken wir bei anderen Menschen allerdings nicht selten einen Unterschied, einfach indem wir unserer inneren Stimme folgen. Sie lockt uns zum Beispiel, einem Freund eine kleine Email zu schicken – genau in diesem

Moment bedeutet ihm das Zeichen unendlich viel. Oder wir verlieren ein Centstück – eine Person findet es genau im entscheidenden Moment und erlebt einen Atemzug des Glücks. Nur um kleine Beispiele zu nennen. Damit wir selbst offen sind für diese Führungen, hilft das bekannte Gebet, das dem Hl. Franziskus zugeschrieben ist: „Herr, mach mich zu einem Werkzeug deines Friedens." Und manchmal fordert uns dieses Einlassen in so einen Dienst auch sehr heraus. Wie meine folgende Wundergeschichte erzählen mag.

Am Allerseelentag vor ein paar Jahren stand ich zusammen mit meiner Großfamilie am Grab meiner Großeltern. An diesen besonderen Tagen im Herbst finde ich es immer wieder besonders, zu erleben, wie Diesseits und Jenseits nicht getrennt, sondern ineinander verwoben sind. Mir ist sehr wohl bewusst, dass viele Menschen auf Friedhöfen oft in eine traurige Stimmung versetzt werden, wenn sie hier an ihre verstorbenen Angehörigen denken. Und genau diese Traurigkeit der Zurückgelassenen lässt diese heiligen, friedvollen Orte manchmal schwerfällig und dunkel erscheinen. Die Seelen der Verstorbenen erlebe ich (wenn ich mich auf sie konzentriere) eigentlich immer als lichtvoll, mit einem Lächeln im Gesicht und gesund, jung und frei aussehend. (Das ist *meine* Wahrnehmung. Wenn du, liebe Leserin, lieber Leser, eine andere Meinung hast, sei ganz frei, bei dir zu bleiben.) Und: So weit ich das wahrnehmen kann, sind die Seelen der Verstorbenen übrigens nur selten auf dem Friedhof anwesend, sie „kommen" aber sehr wohl, wenn hier die Angehörigen für sie beten oder mit ihnen sprechen. Jedenfalls stand ich nun hier, zusammen mit meiner Familie am schön geschmückten Grab von Oma und Opa. Direkt daneben war das Grab eines Bekannten vom Ort, den ich während meiner Laufrunden und Spaziergänge gerne getroffen hatte. Im Jahr zuvor war er an einer Krankheit gestorben. Nun sah ich seine lichtvolle Seele neben dem Grabstein stehen, und ich freute mich, weil er so gut aussah! Ohne Zeichen von Schmerz, Krankheit oder Schwäche, sondern kraftvoll und gesund. Da kam er einen Schritt in meine Richtung, und die Energie und sein Gesichtsausdruck veränderten sich. Er sah plötzlich bedrückt aus, ja fast voller Schmerzen. Ich fragte ihn in Gedanken „Hans, was ist denn los, geht's dir doch nicht gut, da wo du jetzt bist?" Ganz klar spürte und hörte ich seine Antwort: „Doch, hier ist es wunderbar, ich bin im

Himmel! Aber sieh doch, meinen Verwandten geht es nicht gut, weil sie im Schmerz und in der Traurigkeit feststecken. Sie können nicht sehen und glauben wie du. Geh du zu ihnen hin und sag ihnen, dass es mir gut geht!" Puh, was sollte ich da sagen?! In mir stieg sofort ein überfordertes Nein auf, mit allen möglichen Begründungen. „Ich kann doch da jetzt unmöglich hingehen, ich hatte bisher noch nie ein Wort mit denen gewechselt. Was denken die denn von mir? Sie sagen dann wohl, ich spinne! Ich mache mich doch total lächerlich. Und überhaupt, wer bin ich denn schon, so eine Botschaft zu vermitteln?!" Doch Hans kam noch näher zu mir heran. Und ich spürte förmlich ein Drängen, dass es ihm sehr wichtig war, seine lieben Verwandten in Frieden und frei von Schmerz zu sehen. In mir wehrte sich allerdings alles. Das konnte ich einfach nicht tun. Da fiel mir ein Kompromiss ein: „Ich könnte ja für sie beten...?" – „Nein, hier und jetzt, braucht es ein persönliches Wort." Vielleicht kannst du, lieber Leser, liebe Leserin, dir mein inneres Ringen vorstellen. Gerade als ich am Ende dieser Allerseelenfeier, die ich wegen dieses inneren Dialogs gar nicht mehr richtig mitbekommen hatte, einen Schritt machen wollte, um einfach nach Hause zu gehen, drängte mich in der entscheidenden Sekunde eine innere Kraft doch in die andere Richtung: Ich ging auf eine von Hans' Schwestern zu, die mit verweinten Augen da stand, legte ihr meine Hand auf die Schulter und sagte ruhig, kurz und prägnant: „Ich soll euch einen lieben Gruß von Hans ausrichten. Er ist im Himmel! Es geht ihm so gut!" Ich konnte sehen, wie die Nachricht bei ihr und den anderen ankam. Ihre Augen weiteten sich überrascht. Und weil es keiner weiteren Worte bedurfte, ging ich nach Hause. Ich war über eine große Hürde gesprungen und war überrascht, dass sich tatsächlich Frieden in mir ausbreitete. Am meisten freute mich, dass ich Hans vor mir sah, wie er mich anlächelte. „Danke!" Wow, so fühlt es sich also an, wenn Ego und die göttliche Führung aufeinandertreffen, wenn man das Netz der Sicherheiten verlässt und der Stimme des Herzens folgt.

Beim folgenden Allerseelenfest ein Jahr später standen wir Angehörige wieder an den Gräbern. Die Geschwister von Hans strahlten nun eine gefestigte Ruhe aus. Und das Wort „Friedhof" hatte wieder eine friedvolle, stimmige Bedeutung.

„Seht, ich enthülle euch ein Geheimnis: Wir werden nicht… entschlafen, aber wir werden alle verwandelt werden." *(1 Korinther 15,51)*

Botschaft aus dem Himmel

Wir alle dürsten in so mancher Wüstenzeit nach einer Quelle, nach „lebendigem Wasser", das uns wieder Kraft schenkt, das uns sicher auf die Beine stellt, damit wir vertrauensvoll auf unserem Weg weitermarschieren können, heraus aus der Wüste in ein grünendes Land der Fülle. Zum Jahreswechsel 2017/18 erlebte ich für fast zwei Monate solche Wüstentage. Verschiedene Ärzte und Heilpraktiker konnten zwar die körperlichen Ursachen aller Symptome feststellen, aber leider keine Wende und Gesundheit herbeiführen. Meine Familie, Freunde und stellenweise auch ich selber waren in großer Sorge. Viele Beschwerden machten mir sehr zu schaffen, unter anderem ganz eigenartige Herzprobleme und meine Kraftlosigkeit, die mich kaum vom Bett oder Sofa aufstehen ließ. Aber ich erhielt während dieser Zeit viele kleine Geschenke. Sie waren wie kostbare Wassertropfen: Gute Gedanken von lieben Menschen, sichtbare Zeichen hier und da, ich bekam Bilder und Nachrichten in der Meditation und im Gebet, oder Botschaften in meinen nächtlichen Träumen. Einen besonderen Traum möchte ich hier mit dir teilen, weil er im Kern nicht nur mir gilt, sondern im Grunde jedem Menschen.

Noch jetzt beim Schreiben ist dieser Traum so real vor mir, als hätte ich ihn gerade erst erlebt. Zusammen mit einer meiner Schwestern war ich eines Nachts auf einem Berg mitten in einer Stadt unterwegs. Wir genossen die Aussicht über die erleuchteten Häuser und Straßen, und ich konnte im Gebäude gegenüber sehen, dass uns zwei Menschen mit einem Fotoapparat beobachteten. Ich konnte sogar erkennen, dass diese Kamera die gleiche war, wie mein Opa sie besessen hatte. Und tatsächlich, welch eine Überraschung und Freude: Diese beiden Personen waren Oma und Opa! Nebenbei bemerkt, seit ihrem Tod vor drei Jahren hatte ich sie im Traum nur sehr selten getroffen. Umso mehr freute ich mich über unser Wiedersehen. Als sie sahen, dass meine Schwester und ich sie erkannt hatten, winkten sie herüber und deuteten an, wir sollten an Ort und Stelle bleiben, sie würden zu uns herüber kommen. Sie gingen in ihrem Gebäude nach unten, überquerten die Straße und kamen mit einem Aufzug zu uns herauf. Als sie ausstiegen, konnte ich voller Freude feststellen, dass sie einerseits so aussahen, wie ich sie in den letzten Lebensjahren gekannt hatte, eben als ein älteres Ehepaar. Gleichzeitig wirkten sie einfach nur frisch, sie lachten übers ganze Gesicht und strahlten eine tiefe Herzensfreude aus, als wir uns gegenüberstanden. Sie waren einfach jung und schön. Zuerst rannte ich in Opas Arme und wurde fest gedrückt (wie hatte ich das vermisst!), dann umarmte ich meine Oma. Diese ließ mich gar nicht mehr los und sagte folgendes zu mir: „Stephanie, du brauchst dir überhaupt keine Sorgen zu machen! Es ist alles in Ordnung!" Da stutzte ich, denn so einen Satz hätte ich mir zu ihren Lebzeiten nicht vorstellen können, aus ihrem Mund zu hören. So lange ich sie kannte, machte sie sich ständig über alles und jeden große Sorgen: Wenn ich mit dem Auto unterwegs war, lautete ihr Standardsatz „Mei Stephanie, pass gut auf, dass du keinen Unfall baust!". Wenn eine Reise anstand, meinte sie oft „Ach wenn ihr nur alle schon wieder hier wärt!". Wenn in den Nachrichten etwas Gefährliches berichtet wurde, musste sofort die Haustüre zugesperrt werden... So war sie nun mal, meine Oma. Doch jetzt hatte sie eine ganz andere Ausstrahlung. Sicherheitshalber fragte ich sie deshalb: „Oma, du sagst, ich soll mir keine Sorgen machen. Ausgerechnet *du* sagst das zu mir?" – „Ja, ganz genau! Ausgerechnet *ich* sage das zu dir!" Und ihre Energie verstärkte ihre Botschaft noch: Sie war ohne Angst und Sorge, frei und lebendig, voller Frieden und Leichtigkeit! Ja, diese Kraft breitete sich auch tief in mir aus. Ich spürte, es ist für alles gesorgt. Ich darf vertrauen. Vater Himmel, Mutter Erde, unsere himmlischen Begleiter und auch unsere Ahnen haben uns Menschenkinder im Blick. Gott sei Dank.

Wenige Zeit später und mit vielen Erkenntnissen reicher stand ich tatsächlich bald wieder auf den Beinen. Und ich folgte dem Fluss und den inneren Impulsen und änderte (unter anderem beruflich) meinen Kurs.

„Gesegnet ist der Mann, der auf den Herrn sich verlässt und dessen Hoffnung der Herr ist. Er ist wie ein Baum, der am Wasser gepflanzt ist und am Bach seine Wurzeln ausstreckt: Er hat nichts

zu fürchten, wenn Hitze kommt; seine Blätter bleiben grün; auch in einem trockenen Jahr ist er ohne Sorge, unablässig bringt er seine Früchte."
(Jeremia 17,7f.)

Funken liegen in der Luft

Liebe Verstorbene finden immer wieder Wege, um uns Zeichen zu schicken, dass sie uns
nicht alleine gelassen haben, sondern weiterhin
mit uns verbunden sind, dass sie uns in schwie-
rigen Situationen beistehen, uns in gefährlichen
Situationen Warnungen zukommen lassen oder
einfach zeigen, dass sie uns liebevoll zugewandt
sind. Manchmal reicht ein Bruchteil von Sekunden, dass sich der Vorhang zum Himmel lüftet
und ein heiliger Raum spürbar wird. Häufig erlebe ich dies, wenn sich viele Menschen über ihren kürzlich verstorbenen Angehörigen unterhalten. Oder wenn jemand sich während einer Ein-
zelbegleitung in meinen Räumen für diese Her-
zensebenen öffnet. Einmal erlebte ich allerdings
eine himmlische Begegnung ganz unerwartet,
wo mich dieser Moment fast ganz aus dem Kon-
zept brachte, als ich als Lehrerin vor einer Klas-

se stand. Hier meine „funkelnde" Wundergeschichte.

Ich kam mir stellenweise vor wie ein unerfah-
rener Zirkusdirektor in Ausbildung. Es war mein
erstes Jahr der Assistenzzeit im Schuldienst.
Eine große persönliche Herausforderung. Vor
mir hatte ich circa fünfundzwanzig Jugendliche
einer neunten Regelklasse, die an meinem Fach
Religion so viel Interesse hatten, wie eine Kuh
für's Schlittenfahren. Meistens waren sie ge-
langweilt oder unterhielten sich über Gott und
die Welt. Naja, weniger über Gott, eher über die
Dinge der Welt. Immer wieder ließ ich mir etwas
einfallen, um kreativ und schülernah den Unter-
richt zu gestalten, aber manchmal verließen
mich die Ideen und ich hielt einfach eine Stan-
dardstunde mit Arbeitsblatt und Co. So war es
auch an jenem Frühlingstag kurz vor den Oster-
ferien. Es war Donnerstag, sechste Stunde. Unser Thema waren die kirchlichen Feste im Jah-
reskreis. Ich versuchte die Hintergründe einiger
Rituale zu verdeutlichen, doch das Feuer der
Begeisterung blieb leider aus. Aber kleine Fun-
ken sollten in dieser Stunde noch spürbar werden, so wie sie im ganzen Schuljahr bisher noch
nicht vorgekommen waren. Ich erinnere mich,

dass wir thematisch beim Osterfest angekommen waren. Eine Schülerin in der letzten Reihe saß ganz lässig auf ihrem Stuhl und stellte mir mit einer herablassenden Geste ganz provokativ folgende Frage: „Sagen Sie, glauben Sie das alles eigentlich selber, Ostern und Auferstehung und das Ganze?" So eine persönliche Frage hatte ich noch nicht von meinen Schülern in dieser Klasse gehört. Und interessanterweise wurde es ganz still im Raum. „Ja, ich glaube, Jesus ist auferstanden, um uns Menschen zu zeigen, dass es den Tod so gar nicht gibt, sondern dass das Leben weitergeht. Jesus zeigt uns, dass es mehr gibt zwischen Himmel und Erde, als man sehen kann." Und weil ich das Bild einer Oma vor mir hatte, fuhr ich fort: „Oder glaubst du, Nina, dass zum Beispiel eine Oma, wenn sie stirbt, dann komplett verschwunden ist?!" Nach diesem Stichwort sprang Nina ganz abrupt auf, ihr Stuhl kippte lauthals nach hinten um und mit großen Augen starrte sie mich an, fast entsetzt, überrascht, aber auch berührt. Alle anderen hatten nun überraschte Blicke auf sie gerichtet. Mit klarer aber leiser Stimme fragte sie mich: „Woher wissen Sie, dass vor zwei Wochen meine Oma gestorben ist!?" Und nun war wirklich ein Knistern in der Luft, wie elektrisiert blickten nun in großer Erwartung alle Schüler auf mich. Stille.

Nach einigen tiefen Atemzügen wiederholte ich einfach nochmals mit einer ausschweifenden Geste „Es gibt so vieles zwischen Himmel und Erde, hier um uns herum, was unser kleiner Verstand nicht erklären kann. Es ist trotzdem da." Nach dieser „heiligen" Minute, wo man das Fallen einer Stecknadel hätte hören können, beendete ein Junge diese Stille, herausfordernd und skeptisch: „Dann sagen Sie mir doch, was Sie um mich herum alles sehen können!" Weil er so überbetont lässig dasaß, um seine überlegene Coolness zur Schau zu stellen, hörte ich auf die leise Stimme in mir, die mir riet, jetzt nicht weiter in dieses Thema hineinzugehen, weil sich hier wirkliches Interesse mit Machtkampf und Recht-haben-wollen vermischte. Ich kann mich leider nicht mehr daran erinnern, was ich genau geantwortet und wie ich damit diesen kleinen Exkurs beendet hatte. Aber ich weiß, dass dieses kurze Sichtbarwerden dieser Oma nicht nur bei Nina einen Unterschied gemacht hatte. Jeder einzelne in der Klasse konnte für einen kleinen Moment die Berührung und das Knistern des Himmels wahrnehmen. Auch wenn der Verstand keine Erklärung dafür hatte.

„Dem bedrückten Volk bringst du Heil, doch die Blicke der Stolzen zwingst du nieder. Ja, du bist meine Leuchte, Herr. Der Herr macht meine Finsternis hell. Mit dir erstürme ich Wälle, mit meinem Gott überspringe ich Mauern." (2 Samuel 22,28-30)

Klare Antwort über Nacht

Der Verstand – ein Kapitel für sich. Wer hat es nicht schon einmal erlebt, dass Herz und Verstand miteinander ringen?! Der Verstand möchte alles erklärt haben, und unterschreibt Entscheidungen nur, wenn er auf sicherem Boden steht. Dabei leistet er uns auf unserer Lebensreise auf den vielen unsicheren Wellen des Ozeans sehr wohl gute Dienste. Denn der Verstand möchte erforschen und die Sachlage erleuchten, Pro und Contra analysieren und daraus mit klaren Schritten einen begehbaren Weg aufzeigen. Entscheidend allerdings ist, wer hinter diesem „Steuerrad" sitzt, wer den Verstand lenkt: das Herz. Im Idealfall ist das Herz der Sitz der Liebe, jener heilige Raum, wo Gott in uns wohnt, wo unsere Seele zu Hause ist. Wenn dieses Zentrum aber von Angst – dem Gegenteil der Liebe – bewohnt ist, dann sieht es wieder anders aus. Dann sollte sich der Mensch mit der Angst unterhalten. Die Angst – so erklärt mir gerade mein Engel – ist nichts anderes als eine Prägung aus vergangenen Tagen, in denen wir Schmerz und Verletzung erlebt haben. Und um weitere ähnliche schmerzvolle Situationen zu verhindern, schaltet sich die Angst ein. Allerdings ist es doch unser aller Ziel, angstfrei und vertrauensvoll zu sein und zu handeln. Um also diese Ängste zu erhellen und zu erlösen und den Verstand wieder auf die richtige Position zu bringen, nämlich dass er Diener und nicht Chef des Herzens ist, und um wieder die Stimme des Herzens zu hören, gibt es für mich den Weg des Gebetes und der Meditation. Dabei lade ich Gott ein, mein Inneres zu erhellen. Und ich komme wieder in die Verbindung mit ihm: Gott über mir, unter mir, mit mir, um mich, und in mir. Ein konkretes Bespiel mag ich gerne mit dir teilen, das zeigt, dass das Hören der göttlichen Stimme nicht immer einfach, aber möglich ist. So dass der Verstand oft nur daneben stehen und einfach nur so staunen kann …

Zweimal befand ich mich vor sehr ähnlichen Wegkreuzungen. Ich musste eine dringende Entscheidung treffen, welchen beruflichen Weg ich weiter verfolgen wollte. In beiden Situationen – ich war einundzwanzig, das andere Mal fünfundzwanzig Jahre alt – hatte ich bereits viele Tage und Wochen hinter mir, in denen ich für die möglichen beruflichen Wege Informationen eingeholt hatte. Vielleicht kennst du das auch. Ich hatte Listen geschrieben mit zwei Spalten: Pro und Contra. In Gesprächen mit lieben Menschen hatte ich Inputs bekommen. Oft übertrumpfte ein Argument ein anderes. Manches lockte und wollte ausprobiert werden, ein anderer Anteil wollte auf Nummer sicher gehen und die Komfortzone nicht verlassen. Was mir aber dennoch fehlte, war Klarheit und eine entsprechende Entscheidung. Was tat ich also? „Der Herr gibt's den seinen im Schlaf" (Psalm 127,2) – das hatte ich oft erlebt, während ich vor dem Abitur oder beim Studium meine Sachen gelernt hatte. Also nahm ich nun dieses Bibelzitat ganz wörtlich und ging an jenen entscheidenden Abenden beim Zubettgehen ins Gebet. Das klang in etwa so:

„Mein himmlischer Papa, meine himmlische Mama, du kennst meine Situation. Ich stehe vor einer wichtigen Wahl. Wofür soll ich mich nur entscheiden? Ich weiß nicht, was der bestmögliche Weg für mich ist, zum höchsten Wohl von allem was ist. Ich kann mich leider nicht an meinen wunderbaren Seelenplan erinnern. Deshalb lege ich diese Angelegenheit nun an dein Herz, mein Gott. Denn du hast alles im Blick. Du hast etwas Gutes mit mir vor. Du bist der wunderbare Schöpfer von all diesen wunderbaren Dingen um mich herum. Ich vertraue dir, dass du mich jetzt führst, mich begleitest, dass du mir auch bei zukünftigen Herausforderungen Kraft und Hilfe schenkst. Ich bin offen für deine Führung. Ich bin in dir. Und du bist in mir. Ich danke dir, dass du mir Antwort gibst. Lasse mich morgen Früh beim Aufwachen wissen, welcher der beiden Wege in deinem höchsten Sinn der Beste ist. Und bitte so, dass ich die Antwort auch wirklich ganz klar und deutlich verstehe und spüre. Danke. So ist es. Amen."

Nach diesem Gebet, das sich so anfühlte, als hätte ich meine vielen sorgenvollen Gedanken wie Luftballone in den Himmel losfliegenlassen, konnte ich bald gut einschlafen. Beim Augenaufschlagen und Wachwerden am nächsten Morgen war mein erster Gedanke in beiden Situationen: „Ach ja, ich hatte Gott ja gestern eine Frage gestellt. Wie ist denn nun deine Antwort, lieber Himmelpapa?" Ich atmete tief ein und aus.

Spürte in mich hinein. Und noch im Nachhinein erinnere ich mich, dass es in beiden Situationen ganz identisch war: Ich hörte bzw. spürte die Antwort ganz klar und deutlich. In der früheren Situation (mit einundzwanzig) lautete sie genau so: *„Beginne das Studium Dipl. Religionspädagogik in Eichstätt! Jetzt!"* Und gleichzeitig breitete sich ein tiefer Friede in mir aus. Wow! Es dauerte jedoch keine drei Sekunden, da funkte der Verstand dazwischen, der seine Argumente von der Pro-Contra-Liste sofort auswendig parat hatte: „Aber ich stimme doch gar nicht mit allem überein, was in der Kirche und mit ihrem Bodenpersonal alles so schiefläuft!" Und als Antwort darauf breitete sich einfach wieder ein unbeschreiblich tiefer Friede in mir aus, als würde Gott sagen *„Das ist nicht wichtig. Vertrau mir."* Da gab die Verstandesstimme schließlich auf. Und die Klarheit in mir wuchs und bekam Kraft und noch am selben Tag unternahm ich die nötigen Schritte einer Kündigung bzw. Anmeldung, um meinen Weg fortsetzen zu können. Und im Nachhinein kann ich nur sagen, es war das Beste, was ich machen konnte. Nämlich dieser Herzens-Stimme zu folgen.

Diese Klarheit wünsche ich auch dir, liebe Leserin, lieber Leser! Lassen wir immer wieder unsere Vorstellungen ganz und gar los. Dann können wir uns darauf einlassen, dass Gottes Wille auch unser Wille sein wird. Dann beruhigen sich die aufgebrachten Wogen in uns und Gott kann seine Antwort auf den klaren Boden unseres Herzens schreiben.

„Denn das wird der Bund sein, den ich... mit ihnen schließe – Spruch des Herrn: Ich lege mein Gesetz in sie hinein und schreibe es auf ihr Herz." (Jeremia 31,33)

Engel auf Augenhöhe

Im Getriebe des Alltags tut es mir gut, regelmäßig Oasen-Zeiten zu haben, um mich wieder auszurichten, Ruhe und Klarheit zu finden, und mich wieder daran zu erinnern, mit Vater Himmel und Mutter Erde in liebevoller Verbindung zu sein. Seit vielen Jahren mache ich es mir deshalb oft selbst zum Geschenk, im Frühsommer am Internationalen Engelkongress teilzunehmen. So war es auch 2008:

Ich saß zusammen mit vielen anderen interessierten Teilnehmern im schönen Konzerthaus in Freiburg im Breisgau. Wir stimmten uns ein auf eine Meditation. Ich betrat meinen Herzensraum – jenen Ort im Innersten eines jeden Menschen, wo Friede, Liebe, Licht, Glückseligkeit zu Hause sind – und wo die Boten Gottes jederzeit

Zutritt haben. Ein besonderer Engel wollte mich in diesem Moment besuchen, ich spürte und sah ihn deutlich vor mir: leuchtend hell, gekleidet in ein weiches Gewand bestehend aus fließend weißem Licht (die Erscheinungen der Engel sind für mich sehr schwer in Worte zu fassen!), aufrecht und etwas größer als ich... einfach unbeschreiblich liebevoll und schön. Nebenbei bemerkt: aus früheren Erlebnissen wusste ich, dass die Engel meistens so in Erscheinung treten, wie wir Menschen gerade bereit sind, sie wahrzunehmen, ohne zu erschrecken oder Angst haben zu müssen. Und das tun sie oft in ganz menschlich-nachvollziehbarer Art und Weise. Nicht weil die Engel tatsächlich so sind, sondern weil sie sich vom Himmel auf unser Erdenleben einschwingen, um für uns Menschen wahrnehmbar zu sein. (Ich sah z.B. schon Engel mit Kochschürze und Kochlöffel, im Holzfällerhemd oder schickem Jackett – sehr amüsierend anzusehen – aber mit entsprechenden wichtigen Botschaften für ihre Schützlinge.)

Ich war also versunken in diesem lichtvollen Zustand der Meditation, als der Engel vor mir immer größer und höher hinaufwuchs. Meinen Kopf im Nacken und den Blick nach weit oben gerichtet, bat ich den Engel ganz vorsichtig in Gedanken: „Könntest du dich bitte wieder auf meine Augenhöhe zu mir herunter begeben, damit ich dich besser sehen kann?" Sein liebevolles Lächeln konnte ich gut spüren, doch an seiner Größe veränderte sich nichts. Stattdessen war seine klare und schlichte Botschaft für mich: *„Nein. Komm doch du herauf zu mir!"* Das traf den Nagel auf den Kopf. So fühlte ich mich oft: klein, unterlegen, nicht so gut und wertvoll wie viele andere, meine eigenen Schätze nicht würdigend. Was konnte ich also tun? Ich atmete ein paar Mal tief durch, behielt den Augenkontakt zum wunderbaren Engel vor mir. Und nach wenigen Sekunden war ich dann tatsächlich mit ihm auf Augenhöhe. Aber nicht, weil sich der Engel kleiner machen musste als er war, sondern weil ich mir selbst die Erlaubnis gab, innerlich so groß zu sein, wie ich gedacht war.

Trauen wir uns – ohne uns natürlich zu überschätzen – unsere innere Größe anzuerkennen, denn sind wir nicht alle kostbare und wunderbare Geschöpfe Gottes?!

„Gott schuf also den Menschen als sein Abbild; als Abbild Gottes schuf er ihn. Als Mann und Frau schuf er sie." (Genesis 1,27)

Ein neues Erdenkind zeigt sich

Gott lässt uns in unseren Nöten, Schmerzen und Traurigkeiten nicht alleine. Bin ich in solchen Situationen, schaue ich immer auf Jesus. Keiner weiß besser als Er, was es heißt, körperliche oder seelische Dunkelheit zu erleben. Mit ihm zusammen gehe ich oft durch diesen Tunnel hindurch und kann wieder ins Leben auferstehen. Seine Ich-Bin-Sätze als Affirmationen gesprochen, verbunden mit dem Fluss des Atems, wirken dabei wahre Wunder: „Ich bin die Auferstehung. Ich bin das Leben." Und Jesus zeigt mir und uns, hinter die Dunkelheiten zu schauen. Denn dort wartet das Leben auf uns! Genauso kam es mir vor, als ich eine meiner Schwestern während einer intensiven, dunklen Zeit begleiten durfte. Noch im dunklen Tunnel war das Licht bereits sichtbar.

Vor ein paar Jahren saßen wir als „kleine Großfamilie" beim Osterfrühstück zusammen. Passend zu diesem Tag verrieten uns meine Schwester und ihr zukünftiger Mann eine freudige Nachricht: Neues Leben wird geboren! Wir würden Tante, Onkel, Oma und Opa werden. Meine Schwester – eine glückliche, werdende Mama! Wir brauchten ein paar Minuten, bis wir uns an diesen ganz neuen Gedanken gewöhnt hatten, und die Freude war groß. Doch schon am Nachmittag sollte sich das kostbare Glück wenden. Meine Schwester litt plötzlich unter starken Bauchschmerzen und hatte einen Abgang. Sie hatte sich auf dieses kleine Lebewesen in ihrem Bauch eingestellt, war in Verbindung mit diesem ungeborenen Baby. Ich glaube, jeder kann sich diesen Schmerz vorstellen, etwas so Liebgewonnenes zu verlieren. Als ihre Schwester fragte ich mich, was konnte ich konkret für sie tun? Im Gebet bekam ich den Impuls, ihr eine Klangbehandlung zu geben. Diese sanfte Schwingung würde sie dabei unterstützen, sich leichter entspannen zu können und sich wieder in die Kraft Gottes hineinfallen zu lassen, während auf Körper- und Geistebene die Selbstheilungskräfte unterstützt werden konnten. Meine Schwester ließ sich darauf ein und nahm ein paar Tage darauf in meinem Klangraum auf der Liege Platz. Die Klangschalen, das Monochord, die Gongs und Zimbeln webten einen sanften, bunten Klangteppich. Es war schön, die entspannende Wirkung dabei im ganzen Raum wahrzunehmen. Nachdem ich mit den Instrumenten fertig „gespielt" hatte, folgte wie immer noch ein Lied von der CD, das mit einer zusätzlichen, anderen Schwingung die Heilkräfte unterstützte. Dazu setzte ich mich auf die Bank und ließ den Segen des Himmels und der Erde über meine Hände einfach zu ihr fließen. In dieser Offenheit erhalte ich manchmal Bilder, Worte oder anderweitige Informationen, die hilfreich für meine Klienten sind. In diesem Moment, als sich bei meiner Schwester die Heilwirkung des Klangs entfaltete, sah ich nun ein kleines Mädchen im Raum herum hüpfen und tanzen, ganz ausgelassen und voller Freude. Es hatte dunkelbraune Locken zu zwei Zöpfen zusammengebunden, Kleidung in rot und pink. Und ich spürte ganz deutlich in mir diese Botschaft, dass dieses kleine Mädchen schon ganz nah ist, dass es darauf wartet, geboren zu werden. Diese freudige Nachricht gab ich genauso an meine Schwester weiter. Auch wenn ihre Traurigkeit und der Schmerz dadurch nicht komplett gelöscht wurden, stimmte es sie dennoch zuversichtlich. Dieses Vertrauen wurde bald bestätigt.

Gut neun Monate später brachte meine Schwester – wie konnte es anders sein – ein kleines Mädchen auf die Welt. Danke für dieses wundervolle Geschenk!

Ich hätte meinen Blick ins Jenseits während der Klangbehandlung vielleicht vergessen, wäre diese Erinnerung nicht eines Tages wieder aufgetaucht. Das kleine Energiebündel, mein Patenkind, war mittlerweile etwa zwei Jahre alt. Wir waren alle miteinander beim Mittagessen bei meinen Eltern versammelt. Der kleine Zwerg saß ums Eck neben mir. Wie sie so munter vor sich hin aß und erzählte, kam mir wie ein Geistesblitz jene Vorahnung bei der Klangbehandlung in den Sinn. Genauso, wie sie jetzt dasaß, hatte sie ausgesehen: mit ihren lockigen Haaren, zu Zöpfen gebunden, ihre Kleidung in ihren Lieblingsfarben rot und pink, ganz aufgeweckt und quietschfidel. Meinen Gedanken ließ ich einfach laut werden: „Du Sophia, kann es sein, dass wir uns vor langer Zeit schon einmal begegnet sind?" Sie hielt kurz inne, wurde ganz still, schaute mich ganz klar an, und meinte kurz und bündig „Ja." Und schon war sie wieder beim Essen und scherzte mit den anderen am Tisch herum. Als wäre unser „vorgeburtliches Treffen" das Normalste von der ganzen Welt. Vielleicht ist es genau das – ganz normal und wunderbar zugleich.

„Da sagte Jesus: Euch ist es gegeben, die Geheimnisse des Reiches Gottes zu erkennen." *(Lukas 8,10)*

Das göttliche Timing ist perfekt

Ich liebe es, wenn Menschen besondere Herzensmomente mit mir teilen, am liebsten live erzählt, so dass ich das Leuchten in ihren Augen sehen kann. Da dauert es nicht lange, und da geht auch mir das Herz auf. Denn Worte und Nachrichten haben immer eine Wirkung. Im negativen Fall kennen wir die Gefühle der Ohnmacht, Angst und Sorge, die sich ausbreiten, wenn wir die vielen Schreckensmeldungen in den Medien sehen, von Umweltzerstörung, Kriegs- und Fluchtszenen, von persönlichen Schicksalsschlägen. In diesen dunklen Nebelschwaben in Kopf und Herz braucht es deshalb mehr denn je „sonnige, gute Nachrichten"! Auch wenn wir damit die Welt nicht von heute auf morgen retten werden, so sind es doch kleine Sonnenstrahlen, die die Hoffnung wecken, den Glauben stärken, die Liebe entzünden. So ver-

stehe ich auch diese persönliche Wundergeschichte: als Ermutigung, auch bei *dir* zu schau-
en, wo die Fäden deines Lebens immer wieder
perfekt in Gottes Händen liegen.

Vor einigen Wochen spürte ich in mir den
starken Wunsch, wieder einmal eine Reise zu
unternehmen. Ganz klar hörte ich dabei den Ruf,
erneut zum wunderbaren Marienwallfahrtsort
Medjugorje zu fahren. Ja, das wäre schön...
Nach ein paar Minuten dieses starken Gefühls
ließ ich es dann einfach wieder los. Genau zwei
Tage später kam „zufällig" eine liebe Bekannte
zu mir zur TouchLife Massage. Nach der wohl-
tuenden sechzig-minütigen Behandlung und
Nachruhezeit teilten wir uns im Nachgespräch
ganz entspannt und gelöst noch persönliche
Neuigkeiten mit. Dabei erzählte sie mir, dass sie
demnächst mit einer Gruppe auf eine Reise ginge – nämlich nach Medjugorje! Ich musste lachen, denn das Gesetz der Resonanz zeigte
sich mal wieder in aller Deutlichkeit. Zunächst
hatte ich natürlich sofort Feuer gefangen, doch
nach und nach breitete sich auch eine große
Skepsis aus: die Reisezeit war nicht in den Feri-
en, so war ich fest überzeugt, dass ich an diesen
sieben Tagen ganz bestimmt arbeiten müsste.

Außerdem vermutete meine Freundin, dass die Gruppe möglicherweise schon ausgebucht sei. Somit war meine Hoffnung fast bei null. Doch es sollte sich tatsächlich ein Weg auftun: Zunächst gab der Blick in meinen Kalender ganz überraschend grünes Licht: genau an diesem Reisetermin war ich überraschenderweise für keinen Kurs eingeteilt! Dann half mir meine Bekannte mit ihrem Optimismus und gab mir die Kontaktdaten der Reiseorganisatorin und ermutigte mich, einfach mal nachzufragen. Im Telefongespräch mit jener Reiseleiterin erfuhr ich dann zunächst die ernüchternde Auskunft, dass die Gruppe tatsächlich schon bis auf den letzten Platz gefüllt war. Sie würde mich aber gerne auf die Warteliste setzen. Als ich den Hörer auflegte, war ich nicht, wie man vermuten könnte, niedergeschlagen, sondern mit einer tiefen Gewissheit und fast schon Vorfreude erfüllt, dass ich bei dieser Reise dabei sein würde. So versuchte ich in den folgenden Tagen und Wochen, nicht viele Gedanken daran zu verschwenden (denn wer viel denkt, wird vom Pessimismus leicht um den Finger gewickelt). Und tatsächlich: genau rechtzeitig öffneten sich die entsprechenden Türen! Kurz vor dem Abreisedatum sprang eine Dame ab und überließ mir damit den Platz! Ich durfte mich auf diese Reise begeben und freute mich, dass mein Bauchgefühl wieder einmal Recht hatte. So schön!

Was kann ich noch anderes hinzufügen, als dass diese sieben Tage einfach WUNDERbar waren. Auch wenn ich mich manchmal von bestimmten Gedanken abgrenzen durfte, so war die Zeit angefüllt von rundum stimmigen Kostbarkeiten: Das Land und der ganze Ort, die Kraft Mutter Marias, die Botschaften von Maria durch die Seher, das Pilgern zum Erscheinungs- und Kreuzberg, viele kostbare Gespräche mit meiner Bekannten, mit der ich sogar das Zimmer teilen konnte, berührende Begegnungen in und außerhalb unserer Reisegruppe, leckeres gesundes Essen, sonniges Wetter, tiefgehende Impulse und Gebete, die intensiven Zeiten in den Gottesdiensten, die schönen Lieder, der vierzehn Kilometer lange „bunte" Friedensmarsch mit tausenden von Gläubigen, die festliche Feier des 37. Erscheinungstages, die sicht- und spürbare Kraft der Versöhnung an diesem Ort, ehrliche und berührende Zeugnisse und Wundererlebnisse anderer Menschen... all das war ein Strauß von Geschenken in diesen Tagen.

Und eines meiner persönlichen Geschenke kannst du, liebe Leserin, lieber Leser, sogar sehen, abgedruckt am Buchcover. Wie es dazu kam? Am dritten oder vierten Tag marschierte ich zusammen mit einem Teil unserer Gruppe durch das Dorf Richtung Erscheinungsberg – dort war vor siebenunddreißig Jahren Mutter Maria zum ersten Mal sechs Kindern erschienen (diese Erscheinungen dauern bis zum heutigen Tag an). Als wir dort am Fuße dieses steinigen Berges ankamen, machten wir vor dem Aufstieg einen kurzen Halt zum Durchatmen. Da nahm ich – was normalerweise gar nicht typisch war – mein Handy aus der Tasche und machte spontan ein paar Fotos, unter anderem das Motiv durch die ungewöhnlich schönen Bäume direkt in die Sonne hinein. Und dabei war der Gedanke da „Wer weiß, wofür ich dieses Foto mal brauche…" Und voilà: dieses Bild schmückt nun den Einband meiner kleinen Wundergeschichten. Auch wenn das allermeiste im Leben sich erst im Rückblick wie ein großes Puzzle zusammenfügt, so dürfen wir doch vertrauensvoll unsere Schritte nach vorne wagen.

„Gott hat mich mit Kraft umgürtet, er führte mich auf einen Weg ohne Hindernis… Du schaffst

meinen Schritten weiten Raum, meine Knöchel wanken nicht." (Psalm 18,33.37)

Finde den Himmel auf Erden!

Was sind eigentlich Wunder? Schlägt man in einem Lexikon nach, werden Wunder meist so beschrieben, dass sich Dinge ereignen, die die Gesetzmäßigkeiten von Vernunft, Mathematik, Physik, Wissenschaft etc. offensichtlich aufheben. Trotz vieler Möglichkeiten der Aufklärung bleibt vieles auf dieser Erde unerklärbar. Daher gibt es nicht wenige Menschen, gerade auch in den erforschenden Berufsrichtungen – Ärzte, Biologen, Metaphysiker, Musiker – die eine höhere Macht anerkennen, die größer ist als der Mensch und seine Schaffenskraft. Religiöse bzw. spirituelle Menschen waren und sind schon immer danach bestrebt, mit Hilfe dieser göttlichen Kraft einen Sinn für ihr Dasein zu finden. Dabei ist es meiner Meinung nach wichtig, nicht bei den Traditionen und im Kinderglauben stehen zu bleiben. Der Blick über den Tellerrand der eigenen Kultur und Religion kann Erkenntnisse und einen gereiften Glauben mit Halt und Tiefe ermöglichen. Wir können uns an Vorbildern orientieren – für mich sind es Jesus Christus, Pater Pio etc., für andere eher Buddha, Mohammed... – die uns helfen, unser eigenes Leben, unser Tun und Reden am Maßstab der Liebe auszurichten. Schließlich zeigen sie uns, dass niemand mehr oder weniger wert ist als andere, ja sogar, dass wir alle Menschengeschwister sind mit dem gleichen Ziel: den Himmel, das Paradies zu erleben. Und vielleicht ist dieser himmlische Zustand ja schon hier auf Erden möglich. Die Einladung zu dieser Verwirklichung habe ich im Februar 2012 erhalten. Gerne möchte ich diese Wundergeschichte als letzte in diesem Büchlein mit dir teilen.

Mein Opa war ins Licht gegangen. Einige Male durfte ich während dieser heiligen Tage bis zu seiner Beerdigung hinter den Vorhang spitzen, als sich mir und uns Verwandten in vielen kleinen Momenten der Himmel zeigte (siehe die Wundergeschichte „Wegbegleiter ins Licht"). Natürlich war ich genauso wie meine Familie traurig darüber, dass wir uns nicht mehr von Auge zu Auge mit Opa unterhalten konnten, dass sein Platz hier nun leer war. Diese Trauer zuzulassen ist, so glaube ich, ganz wichtig und einfach menschlich. Aber genauso spürte ich auch eine noch größere innere Freunde, dass Opa jetzt „göttlich aufgehoben" war, nachdem er seinen schmerzenden Körper verlassen und von einem „himmlischen Abholservice" auf die andere Seite begleitet worden war. Und das Schöne in diesen Tagen für uns Kinder und Enkelkinder war, dass wir uns alle mit Oma häufiger als sonst üblich, in ihrer warmen Stube trafen. Direkt nach Opas Tod und nach den abendlichen Rosenkranzgebeten setzten wir uns zusammen, teilten alte Erinnerungen, weinten und lachten viel. Ich erinnere mich noch gut, dass der dritte Abend anders war. Bereits in der Kirche, als wir Angehörigen und die Gemeinde Opa unser Rosenkranzgebet schenkten, saß ich in der Bank und musste einfach heftig weinen. Ich verstand das nicht, denn ich war ja nicht voller Trauer, ich konnte Opa ja dort sehen, mit seiner Jacke und seinem Hut, bereit für die weitere Reise. Aber die Tränen nahmen kein Ende. Deshalb beschloss ich, anschließend nicht wie alle anderen mit zu Oma zu gehen, sondern heimzufahren. Die Flut der bitteren Tränen hörte einfach nicht auf. Deshalb setzte ich mich in meinem Zimmer auf mein Bett und lud die Engel ein, hier zu sein.

(Nebenbei bemerkt: Es gibt so viele „arbeitslose" Engel, die nur darauf warten, von uns Menschen eingeladen zu werden.) Sofort wurde es ruhiger in mir. Viele Engel nahm ich um mich herum wahr, da stellten sie mir schließlich die entscheidende Frage, die Klarheit in mich brachte: „Über welchen Schmerz weinst du?" Da wurde mir bewusst, dass es mir wirklich wehtat, den Himmel zu sehen und zu spüren, und (noch) nicht dort sein zu können. Zu jener Zeit gab es wohl einige schmerzende Herausforderungen, Stress in der Arbeit, Liebeskummer, Unzufriedenheit mit mir selber etc. Deshalb konnte ich es gut formulieren: „Ich sehe, dass Opa im Himmel ist. Und am liebsten wäre ich auch dort." Der Blick der vielen Engel um mich herum war liebevoll, aber auch ganz klar. Ihre „Worte" verstärkten sie sogar mit ihren Zeigefingern, die deutlich auf den Boden unter mir hinwiesen: „Ja, den Himmel gibt es. Und dein Opa ist jetzt da. Und es ist deine Aufgabe, Stephanie, den Himmel auf dieser Erde zu finden!" Okay. Ja. Sofort waren die Tränen versiegt. Tiefer Friede breitete sich in mir aus. Genau das war die Wahrheit. Jeder Mensch kann den Himmel finden. „Das Himmelreich ist nahe, und es ist schon da! Wir müssen nur die Augen öffnen." So ähnlich hatte es Jesus formuliert (vgl. Markus 1,15) Dazu mag ich uns alle einladen: Augen und Ohren auf! Lasst uns die vielen Wunder erkennen, die jeden Tag auf uns warten. Und noch mehr, lassen wir uns selbst zu Wunder-Werkzeugen machen, damit der Himmel mehr und mehr Realität wird.

„Wohl dem Mann, der auf den Herrn sein Vertrauen setzt ... Zahlreich sind die Wunder, die du getan hast, und deine Pläne mit uns; Herr, mein Gott, nichts kommt dir gleich. Wollte ich von ihnen künden und reden, es wären mehr, als man zählen kann." (Psalm 40,5f.)

Nachwort

Es gibt Menschen, von denen können wir lernen, dass es Wunder gibt. Sind nicht die Kinder in dieser Hinsicht unsere besten Lehrer? Sie haben die ganz besondere Fähigkeit, nach einem Streit schon ganz bald wieder Frieden zu schließen, sich die Hand zu reichen und da weiter zu machen, wo sie vor der Auseinandersetzung aufgehört haben. Oder sie haben das sagenhafte Talent, über alles und jeden staunen zu können: über die Blume, die sich mit Kraft und Zärtlichkeit den Weg durch die Teerdecke sucht; über den schillernden Regenbogen, der mit Sonne und Regen an den Himmel gezaubert scheint; über das Geschenk zum Geburtstag, das die Augen über das ganze Gesicht leuchten lässt. Oder ich staune immer wieder über die Selbstverständlichkeit, wie die Kinder mit Gott und den Engeln kommunizieren, ganz leicht und klar. Sagte es nicht schon Jesus? „Wenn ihr nicht werdet wie die Kinder, werdet ihr nicht in das Himmelreich gelangen." (Matthäus 18,7) Lassen wir die Kinder *in* uns wieder groß werden! Lasst uns mit offenen Augen, Herzen, Mund und Händen Friedensstifter sein! Lasst uns wunderbare Menschen sein, voller Liebe und Licht, denn als diese wurden wir erschaffen und erdacht. Was wir daraus machen, das liegt in unserer Hand. Jeden Tag neu.

Wenn diese meine persönlichen Erlebnisse und kleinen Wundergeschichten dich an diese Sichtweise und Kraft erinnert haben, dann hat sich dieses Büchlein gelohnt. In diesem Sinne: Seien wir realistisch – erwarten wir Wunder!

Über die Autorin

Stephanie Mauerer, 1984 in der Oberpfalz geboren, beschäftigt sich seit ihrer Jugend mit mystischen Themen. Traditionell in einer christlich-katholischen Familie aufgewachsen, widmet sie sich ganz vielseitig der geistigen Weiterentwicklung. Neben ihrer Tätigkeit als Religionspädagogin  und Bildungsreferentin bietet sie seit 2012 in ihrer Privatpraxis „LichtKlangArt" spirituelle Wegbegleitung für Einzelpersonen und Gruppen an, in Form von Klang und Musik, Heilsamem Singen, Meditation und Achtsamkeit, Körper- und Gestaltarbeit.

www.lichtklangart-stephaniemauerer.de

Wenn du, liebe Leserin, lieber Leser, dein eigenes „Wundererlebnis" mit mir teilen magst, würde ich mich sehr freuen, von dir zu hören.

Danke &
Vergelt's Gott

für die Unterstützung und euer Mut machen
von der Idee zum fertigen Buch:
Danke meiner Familie,
Mama und Papa,
Simone, Carina und Andreas
- ohne euch wär ich nicht die, die ich bin!
Danke ihr lieben Freunde und Verwandte
für euer Mitdenken und Motivieren!
Und ein ganzes besonderes Danke
euch, meinen Engeln und himmlischen Begleitern,
danke dass euch Gott mir zur Seite gestellt hat!
Nur mit all eurer Hilfe konnten meine Geschichten
in diesem Büchlein Form annehmen.
Mein Leben ist reich,
weil es euch gibt!

Zeitfracht Medien GmbH
Ferdinand-Jühlke-Straße 7
99095 Erfurt, Deutschland
produktsicherheit@kolibri360.de